L'OISEAU
DE BERGEN-BELSEN

FLORENCE SCHULMANN
avec GÉRALDINE MEIGNAN

L'OISEAU DE BERGEN-BELSEN

BERNARD GRASSET
PARIS

Photo de la bande : JF Paga.

ISBN 978-2-246-83985-9

À ma fille Karine
À mes petits-enfants Almog, Raz et Stav

Ich weiß nicht was soll es bedeuten,
Daß ich so traurig bin ;
Ein Märchen aus alten Zeiten,
Das kommt mir nicht aus dem Sinn.

Je ne sais dire d'où me vient
La tristesse que je ressens.
Un conte des siècles anciens
Hante mon esprit et mes sens.

Heinrich HEINE,
Extrait de « La Loreley », 1824.

Au commencement, il y a mes nuits. La chauffeuse de velours vert que mes parents déplient chaque soir dans la chambre que nous partageons. Moi qui me roule en boule sous les draps. Et puis, dans le grand silence de l'appartement, le bruit à peine étouffé de leurs voix qui m'arrive depuis l'autre côté de la cloison trop fine : leur longue lamentation, chaque soir recommencée.

Ce sont eux, je le sais bien, dans la salle à manger. Ce sont eux, forcément. Mais ces voix que j'entends, je ne les reconnais pas. Elles sont déchirées de sanglots et de gémissements, elles dérapent brutalement dans les aigus. Il me semble, parfois, qu'elles n'ont plus rien d'humain : le monde d'où elles viennent, je ne peux pas le rejoindre. Je reste immobile, les yeux ouverts, en attendant que le sommeil me prenne.

Il m'arrive aujourd'hui de me demander ce qui se serait passé si j'avais osé, un soir, franchir ce seuil-là. Est-ce que mes parents se seraient fâchés, est-ce qu'ils m'auraient prise dans leurs bras ? Est-ce qu'ils auraient, enfin, réussi à me parler ? Chaque soir, ensemble, ils retrouvaient leur ville natale de Brzeziny, en Pologne, et le ghetto de Łódź. Ils revivaient Auschwitz, Dachau, Bergen-Belsen. Leurs jours m'étaient dédiés, à moi leur petite fille, et puis à leur travail ; leurs nuits étaient à leur famille massacrée, à leur premier enfant disparu, à leur monde englouti. Ce n'étaient pas des nuits de deuil, non, puisque le deuil est un chemin, paraît-il, et qu'il mène quelque part. Mais des nuits de mort où mes parents se disloquaient, encore et encore.

Cela, bien sûr, je le comprends aujourd'hui. Pour celle que j'étais, pour l'enfant transie au fond de son lit, il y avait là un mystère à la fois terrible et familier. Une forme d'angoisse sourde qui, année après année, me fabriquait. Le matin me rendait mes parents. Je les retrouvais, dans notre petite cuisine, le visage égal, prêts pour une autre journée. Lorsque j'avais 11 ans, nous avons déménagé dans un appartement plus grand. J'ai eu une chambre à moi, je ne les ai plus entendus.

*

Petite, je n'avais pas de prénom.

J'étais celle qu'on désignait d'un coup de menton.

Celle qui était née dans le camp.

Ces mots, ce sont les premiers que j'ai écrits, lorsque je me suis laissé convaincre de raconter mon histoire. Une histoire singulière, dont j'ai longtemps eu le sentiment qu'elle ne m'appartenait qu'à demi. Sans doute parce qu'il a fallu que je la conquière, pas à pas, pendant des années. Peut-être, aussi, parce que c'est une histoire sur deux rives. L'histoire d'une rescapée des camps qui ne peut affirmer en avoir fait l'expérience, sinon par procuration. L'histoire d'une enfant de survivants dont la naissance tient du non-sens et du miracle. L'histoire d'un témoin sans mémoire.

J'ai été conçue alors que mes parents étaient prisonniers du ghetto de Łódź, le dernier à avoir été liquidé par les nazis. Ma mère, terrifiée, a essayé par deux fois d'avorter avant d'être déportée. Je suis née à Bergen-Belsen, trois semaines avant la libération du camp par les Anglais, le 15 avril 1945.

On connaît le silence des rescapés à leur retour des camps, leur sentiment de culpabilité d'avoir survécu quand tant d'autres ne sont pas revenus, leur impossibilité à se faire entendre lorsqu'ils cherchaient à parler. Ce silence a été décrit, documenté. Celui dans lequel j'ai grandi n'a, en ce sens, rien de très original. Une petite histoire, semblable à beaucoup d'autres et qui a ravagé bien des familles de survivants. Dans mon cas, il y avait cette étrangeté d'en être aussi. De voir ce mutisme devenir un mystère sur mes origines. Il a fallu, plus tard, supporter le statut curieux que ma naissance me donnait : le sentiment que je n'aurais jamais dû voir le jour, que je n'étais pas à la bonne place. J'étais une sorte d'icône. Un objet qu'on pouvait venir toucher pour s'assurer de sa réalité, mais dont il valait mieux rester éloigné. Tout de même un peu suspect, peut-être un peu dangereux.

J'ai senti très tôt que nous formions, mes parents et moi, une famille à part. Le passé était une ombre qui recouvrait tout : les gestes, les regards, jusqu'aux silences. Je sentais mes parents rongés par quelque chose que j'étais incapable de nommer. C'était là, depuis des années, qui n'en finissait pas de me tourmenter. Mille fois, j'avais essayé de les interroger. Mais les occasions de leur parler étaient rares : ils travaillaient dur, du matin au soir, parfois même une partie de la nuit. Pour s'oublier, sans doute, et essayer de se reconstruire.

Rien n'était dit, jamais, mais rien non plus n'était entièrement caché. Le week-end, nous allions rejoindre des amis originaires, comme mes parents, de la ville polonaise de Brzeziny : une amicale qui, chaque année, pour le Nouvel An juif, organisait de grands banquets. Ce sont de beaux souvenirs, des images que je chéris.

Jamais je n'avais l'occasion de voir mon père et ma mère si heureux, comme rajeunis d'un coup dans leurs vêtements de fête. Les convives parlaient fort, riaient à gorge déployée, dansaient. Ils chantaient, non pas des mélopées nostalgiques, mais des airs juifs et tsiganes enlevés, entrecoupés de *Abe gesount* !, la traduction en yiddish de « tant qu'on a la santé ».

Ces gens-là formaient pour moi comme une seconde famille. Il y avait une flopée d'enfants que je m'imaginais être des cousins ; des adultes que je me figurais en oncles et tantes ; des personnes âgées que je prenais pour mes grands-parents. À table, leurs conversations roulaient sur leur passé commun en Pologne, leur jeunesse, leur famille. Alors que les autres enfants s'empressaient de retourner à leurs jeux, je restais à les écouter pendant des heures, contente que l'on m'oublie. Une photo en noir et blanc me représente sagement attablée, les cheveux nattés, entourée de mes parents.

Les membres de l'amicale avaient presque tous émigré dans les années vingt ou trente. Ils n'avaient pas attendu que les rumeurs de guerre leur parviennent pour quitter la Pologne. Certaines familles avaient fui les persécutions antisémites ; d'autres étaient parties pour des raisons économiques. Mes parents, eux, étaient restés. Et, devant leurs amis, venait toujours un moment où ils se mettaient à raconter l'après. Les ghettos, les rafles, les camps. Ils avaient besoin de dire, encore et encore, besoin que cette histoire-là sorte du huis clos de leur salle à manger. Sans doute pensaient-ils qu'ils n'auraient pas de meilleure chance d'être un jour écoutés : si le reste de la société n'était pas prêt à les entendre, personne ici, au moins, ne songeait à mettre en doute leur récit. Mais leurs amis de Brzeziny n'avaient pas envie de remuer le passé, eux non plus. Ils finissaient invariablement par leur dire : « On sait, on sait. C'est de l'histoire ancienne, c'est fini. Il faut oublier, maintenant ! »

Tout de même, j'apprenais des choses. Je reliais des événements et des noms, je recoupais des bribes d'informations obtenues ailleurs : sans même le savoir, je commençais ma quête. Puis nous rentrions tous les trois, et la même chape de plomb tombait sur l'appartement. Mes parents retrouvaient leur mutisme, la vie reprenait son cours morose.

Il y avait aussi ces moments où ils semblaient basculer d'un monde à l'autre. Ma mère était plutôt souriante dans la vie de tous les jours, mon père dégageait une forme de sagesse et de sérénité, mais il arrivait que leur sourde anxiété déborde, qu'elle éclate en brusques accès de colère dont j'étais le témoin.

C'était parfois pour de toutes petites choses. Je me souviens, par exemple, de ce jour où j'ai rechigné à me rendre seule dans les toilettes à la turque sur le palier de notre appartement, faubourg Saint-Martin. À l'époque, j'avais une peur bleue de ce lieu nauséabond et sombre. « C'est plus confortable que les latrines du camp ! », a craché mon père entre ses dents.

Lorsque la minuterie du palier ne fonctionnait pas, ma mère m'accompagnait et faisait le guet près de la porte entrouverte. Un jour, le voisin du dessus, un gros bonhomme malodorant dont les pas résonnaient lourdement dans la cage d'escalier, a lâché sur son passage :

« Tout ça, c'est encore de la faute des youpins ! » Dans la soirée, ma mère a raconté l'incident à mon père. J'ai vu son visage se crisper, je l'ai vu se tordre les mains et se mordre les lèvres. Je devais avoir 4 ou 5 ans.

Une autre fois, alors que j'étais un peu plus âgée, je suis rentrée épatée de l'anniversaire d'une de mes amies : son appartement m'avait fait forte impression. « Tu te rends compte, elle a de la chance ! Elle a une chambre pour elle toute seule, et même une vraie salle de bains ! », ai-je raconté à ma mère. Je l'ai sentie se glacer, elle m'a jeté au visage : « Si tu veux, on peut demander à ses parents de t'adopter ! » En larmes, je lui ai fait promettre de me garder avec eux. Qu'avais-je dit de si terrible ? Je n'en savais rien. Mais, en grandissant, je finissais par accepter qu'un mot, une allusion, un souvenir ravivé puissent brutalement assombrir l'atmosphère.

À la fin des années cinquante, alors que j'avais 12 ou 13 ans, mes parents m'ont emmenée au théâtre voir une mise en scène du *Journal d'Anne Frank*. La pièce m'a saisie bien sûr, comme elle saisirait tout adolescent : je découvrais l'histoire tragique de cette jeune fille juive cachée à Amsterdam pendant la guerre puis déportée, et morte du typhus à Bergen-Belsen à l'âge de 15 ans, quelques semaines avant la libération du camp. Mais, ce soir-là, j'ai d'abord été frappée par le visage de mon père : à l'entracte, lorsque les lumières se sont rallumées et que je me suis tournée vers lui, je l'ai vu pleurer pour la toute première fois. Je n'ai pas fait un geste, je n'ai pas posé de questions. À la fin de la représentation, nous nous sommes engouffrés dans une bouche de métro, sans un mot.

Comment expliquer ça, comment le décrire ? Je savais, sans savoir. C'était une présence obscure, un secret dont mes parents semblaient attendre de moi que je le connaisse sans m'en avoir jamais rien dit.

Au collège, j'ai eu à choisir une seconde langue vivante. On me proposait l'allemand, l'espagnol ou le russe. J'aurais aimé apprendre l'espagnol, mais mon père a tranché. « Mieux vaut connaître la langue de ses ennemis. » Il n'a pas eu besoin de préciser : j'ai appris l'allemand, et je l'ai haï. Lorsque, plus tard, un voyage scolaire a été organisé en Allemagne, je n'ai même pas songé à demander à y participer : je savais que mes parents ne le supporteraient pas. En 2016, quand je suis allée à Bergen-Belsen, je retournais dans ce pays pour la toute première fois. J'ai passé le trajet en avion à supplier silencieusement mon père et ma mère de me pardonner.

*

À mes 17 ans, mes parents m'ont annoncé que nous allions passer les vacances d'été à Tel-Aviv et Jérusalem. Mettre un pied en Israël ! Beaucoup de Juifs en rêvaient depuis la création de l'État hébreu en 1948, et j'imagine combien ce voyage devait être important à leurs yeux. De mon côté, le projet m'enchantait mais je ne lui donnais pas de signification particulière.

Nous avons pris le bateau à Venise ; je me souviens avoir passé le voyage cramponnée au bastingage du *Pegasus*, les yeux rivés sur la mer immense jusqu'à voir, dans le lointain, se dessiner les collines de Haïfa.

Une fois débarqués, les voyageurs ont formé une longue file pour passer les services de l'immigration. L'attente me semblait interminable, je traînais derrière moi une lourde valise et, lorsque notre tour est enfin arrivé, j'ai avancé la première. Le douanier a jeté un regard machinal sur mon passeport ; je l'ai vu blêmir d'un coup, relever la tête, me dévisager. Il m'a demandé de patienter, s'est rendu dans la guérite mitoyenne pour revenir accompagné d'un autre agent qui m'a demandé si mon père et ma mère étaient avec moi. « Juste là » : ils se tenaient derrière mon épaule, accrochés l'un à l'autre comme toujours. « Quel miracle ! » a fini par souffler l'agent avant de tamponner bruyamment mon passeport.

En découvrant Tel-Aviv, j'ai été subjuguée. Tout était nouveau pour moi : la chaleur écrasante, les marchands ambulants, les bazars ouverts aux quatre vents, les échoppes d'où s'échappaient des senteurs épicées, le dédale des venelles étroites derrière les murs épais de la vieille ville. Seules les affiches en caractères hébraïques me semblaient familières : elles me rappelaient les journaux yiddish que lisait mon père.

Une association regroupant les survivants de la ville de Brzeziny avait préparé pour nous une fête de bienvenue. Mes parents riaient, exultaient, tombaient dans les bras des uns et des autres. Tout à coup, mon père s'est tendu à l'approche d'un inconnu : je l'ai vu marquer un temps d'arrêt, glisser lentement ses mains derrière son dos pour ne pas avoir à saluer l'homme, puis passer devant lui sans un regard. Dans la soirée, il m'a expliqué avoir reconnu un ancien kapo croisé au cours de sa déportation.

Plus tard dans le séjour, nous sommes allés ensemble à Yad Vashem, l'institut chargé, à Jérusalem, de perpétuer la mémoire des six millions de Juifs tués par les nazis. Là non plus, mes parents ne m'ont rien dit. Rien de ce qu'ils cherchaient et redoutaient peut-être de trouver, rien des émotions qui les traversaient lors de la découverte, avec moi, de ce lieu qui disait mieux qu'aucun autre ce qu'ils avaient vécu. À l'intérieur, je les ai suivis comme une ombre ; c'est eux d'abord que j'ai regardés. J'ai vu ma mère s'arrêter un long moment, prostrée, devant la photo de Josef Kramer, le commandant de Bergen-Belsen. Je l'ai vue se perdre à nouveau devant l'image d'Irma Grese, l'une des gardiennes du camp : une toute jeune femme aux boucles blondes, dont les survivants ont raconté, lors de son procès, les atrocités qu'elle avait commises.

Et puis il y a eu ce jour où j'ai rencontré Rahela. Ma mère et elle avaient accouché ensemble, le 24 mars 1945, dans le « camp des femmes » de Bergen-Belsen. Après la libération, Rahela avait rejoint la Palestine sous mandat britannique ; ma mère et elle ne s'étaient pas revues depuis dix-sept ans.

Nous sommes arrivés au lieu du rendez-vous, une cité un peu triste de la banlieue de Tel-Aviv. Nous avons monté les escaliers, sonné. La porte s'est ouverte, et Rahela s'est jetée sur moi. Elle m'a embrassée, serrée à m'étouffer, elle riait, pleurait et criait tout à la fois dans un mélange d'hébreu, de russe et de yiddish. Cette démonstration d'amour, je ne savais qu'en faire. Jamais je n'avais été embrassée ni câlinée par mes parents. Même quand je venais de faire une chute ou que j'avais un chagrin, même après une longue séparation. Le contraste était saisissant, douloureux aussi. J'ai appris bien plus tard que le petit garçon de Rahela, celui qu'on appelait mon « frère de lait », était mort dans un accident tragique à l'âge de 7 ans, sur une plage de Tel-Aviv.

Après avoir desserré son étreinte, Rahela s'est levée, a ouvert la fenêtre et a commencé à rameuter les habitants de la cité. Une procession de plusieurs dizaines de personnes de tous âges a afflué au bas de l'immeuble, gravi les étages : tout un attroupement s'est bientôt formé autour de moi. Les gens me dévisageaient, certains me touchaient avec précaution et stupeur. Aujourd'hui encore, la scène me semble irréelle. Mais, au début des années soixante, de nombreux Juifs vivant en Israël étaient des survivants de la Shoah. Ces gens-là comprenaient d'où je venais. Ils savaient, bien mieux que moi, ce que cela signifiait.

*

À mon retour d'Israël, tout a changé. Comme si, là-bas, mes yeux avaient été dessillés. Comme si les choses vagues qui sommeillaient en moi avaient soudainement pris forme. Comme si ce voyage, ces rencontres, les regards effarés des rescapés sur moi avaient, tout à coup, rendu le déni impossible.

Cette fois, j'ai entamé une longue course pour reconstituer mon histoire et celle de mes parents. J'ignorais encore qu'elle n'aurait pas de répit – je n'imaginais pas qu'à près de 80 ans, je ne la tiendrais toujours pas pour achevée. Cette enquête a pris mille formes. Elle a connu des zigzags et des lignes droites, elle m'a parfois enthousiasmée et parfois mise à terre. Elle s'est nourrie de tout. J'ai patiemment fouillé les souvenirs, épié les conversations de mes parents, exhumé les documents qu'ils gardaient enfouis dans de vieux cartons, redonné vie à des photos en noir et blanc. J'ai découvert l'univers des archives, des bibliothèques et des musées. Année après année, j'ai reconstitué le puzzle.

Mes parents, je l'ai découvert assez tard, avaient entrepris des démarches auprès de Yad Vashem pour y faire inscrire les noms des 90 membres de notre famille décimée. Sur les « feuilles de témoignage » figurent les conditions d'arrestation, l'internement dans un ghetto s'il a eu lieu, l'envoi dans un camp de travail, de concentration ou d'extermination, puis les circonstances de la mort. Quand elles sont connues : nombreux sont ceux dont on n'a jamais retrouvé la trace après leur rafle. C'est le cas de trois de mes grands-parents et de l'immense majorité de mes oncles, tantes et cousins. Tous déportés on ne sait où, depuis le ghetto de Brzeziny ou celui de Łódź ; tous morts, sans doute, dans les chambres à gaz. À une exception : mon grand-père paternel. Sur le formulaire que mon père a rempli pour lui un jour d'août 1990, à la ligne « circonstances du décès », il a indiqué d'une écriture hésitante : « mort d'épuisement ». Il m'a raconté, tout à la fin de sa vie, comment ma mère et lui, en l'absence de services funéraires, avaient eux-mêmes creusé une tombe à la hâte dans le ghetto de Łódź. C'était peu de temps avant leur propre déportation.

Il y a eu, aussi, les pièces conservées en Allemagne et aux États-Unis. Les Archives d'Arolsen notamment, le service international de recherches sur les persécutions nazies créé en 1948. J'ai retrouvé grâce à tous ces documents le bon de transport, en date du 22 janvier 1945, attestant du transfert de ma mère du camp de travail d'Elsnig à Bergen-Belsen. La trace du numéro de matricule attribué à mon père à Dachau. Le document, signé du commandant, qui signale son arrivée au camp.

Aujourd'hui encore, des documents sont découverts qui renseignent les familles : listes de transfert, registres de décès, recensements de tombes. Des archives inédites de la Commission des crimes de guerre des Nations unies créée en 1943 ont été rendues publiques en 2017, plus de soixante-dix ans après la fin de la Seconde Guerre mondiale.

Alors je poursuis mon travail, toujours à l'affût d'un vieux papier, d'une photo, d'un détail. À chacun de mes voyages en Israël, je me rends à Yad Vashem. Pour honorer la mémoire de ma famille disparue, d'abord. Mais aussi pour voir si de nouveaux documents n'ont pas été versés par d'éventuels descendants de rescapés. Il y a quelque chose d'assez commun, paraît-il, dans ce besoin de savoir, dans l'espoir jamais éteint de trouver la trace d'un survivant ou d'un témoin. On raconte qu'à la fin de la guerre, les familles de déportés ont attendu, pendant des mois et des années, l'improbable retour de leurs proches.

Tout au long des années, j'ai lu. Des livres sur la guerre, le nazisme, la déportation, la Shoah. J'avais besoin de me documenter, comme pour reconstituer les souvenirs que je n'avais pas. Dans l'un des premiers livres que j'ai achetés, il y avait des photos en noir et blanc de Bergen-Belsen. On voyait des survivants décharnés dépouiller des corps de leurs vêtements pour s'en couvrir. Des visages de morts, aux yeux enfoncés et fous. Des détenus mangeant à même le sol, à côté de corps éparpillés dans la boue. J'ai vécu cela. Un nouveau-né de trois semaines au milieu des cadavres, une petite chose que tout aurait dû tuer mille fois. J'étais là, avec ma mère, quand sont arrivés les soldats anglais, avec des photographes qui, avant que le camp ne soit entièrement brûlé, ont tenu à témoigner de ce que, à cet endroit-là, les hommes avaient pu faire à d'autres hommes.

À la toute fin de leur vie, mes parents m'ont parlé. Ma mère, d'abord, quelques semaines avant sa mort. Mon père, ensuite. Après avoir perdu sa femme, son grand amour, il est devenu un peu fou. Sa disparition a comme annulé, effacé tout ce qui avait pu lui arriver après la guerre pour ne laisser subsister que les images de leurs années à Brzeziny, du ghetto, des camps. Toujours les mêmes souvenirs, remâchés mille fois. Un jour, il a fallu que mon mari Claude l'empoigne pour le relever : il voulait dormir par terre, pour revivre ses nuits dans le camp de Dachau.

*

Mes parents ont été heureux, je le sais. Heureux, amoureux. L'un et l'autre étaient les derniers-nés de deux familles nombreuses installées à Brzeziny, une bourgade proche de Łódź.

Mon père, Zelig Horn, naît en 1912. Il est le chouchou de ses parents. Petit, il aime traîner dans la boulangerie familiale, sentir l'odeur du pain tout juste sorti du four, chaparder la *'hallah*, la brioche tressée du shabbat. Il ne manque de rien. La famille est aisée, bourgeoise même. Son père, Fischel, est une personnalité de Brzeziny ; il est propriétaire de plusieurs immeubles dont il loue les appartements.

Brucha Herszkowicz, ma mère, naît deux ans plus tard, en 1914, dans un milieu beaucoup plus modeste. Son père est *shohet*, chargé de l'abattage rituel des animaux. Mes parents se rencontrent sur les bancs de l'école : à l'époque, on mélange dans les mêmes classes les filles et les garçons, d'âges différents. À la récréation, mon père passe le plus clair de son temps à courir après ma mère en tirant sur ses longues nattes brunes. Il est doué pour les mathématiques et la physique, mais pas très studieux. Son père l'oblige à étudier, tout de même : il obtient un diplôme de comptable, puis apprend le métier de tailleur afin d'avoir son propre atelier de confection.

Pour ma mère, les choses sont plus compliquées. Quelques jours après son entrée au collège, et alors qu'elle est excellente élève, elle doit renoncer aux études et devenir apprentie couturière. L'argent manque à la maison, elle ne mange pas tous les jours : il faut qu'elle travaille. À ses camarades, cependant, elle ne dit rien du dénuement dans lequel vit sa famille.

Après son départ du collège, mes parents continuent de se fréquenter. Ils tombent amoureux et, en 1937, obtiennent de leurs familles l'autorisation de s'épouser. Une sacrée entorse à la tradition : à l'époque, les enfants se marient dans l'ordre de leur rang dans la fratrie. Mon père et ma mère étant les plus jeunes, ils étaient supposés attendre leur tour. Mais ils s'aiment follement, et leurs familles finissent par céder.

Je n'ai jamais vu de photos d'eux en jeunes mariés, mais mon père m'a souvent raconté la noce : lui en costume noir et chemise blanche, l'air un peu sérieux ; elle les joues roses et les yeux brillants.

Après leur mariage, ils s'installent dans un bel appartement offert par les parents de mon père, au numéro 9 de la rue Traugutta, une des artères principales de la ville. Ils ont été gâtés : de somptueux chandeliers en argent, de jolies nappes blanches qu'ils sortent pour les fêtes, une couette en plumes d'oie. Ils sont heureux, oui, et la vie leur sourit. L'atelier de confection de mon père a excellente réputation, les commandes affluent. Je les imagine se promenant bras dessus, bras dessous dans les rues de Brzeziny, allant au cinéma ou au théâtre, retrouvant leurs amis pour boire un verre dans un bistrot. Le vendredi soir, ils passent le repas de shabbat tantôt chez les parents de ma mère, tantôt chez ceux de mon père.

Lorsque les premières rumeurs de guerre leur parviennent, ils ne s'inquiètent pas. Peut-être pensent-ils qu'elles seront vite démenties, que les Allemands n'arriveront pas jusqu'à Brzeziny. À tout le moins, que les familles fortunées et assimilées ne seront pas inquiétées. Et puis, ma mère a accouché le 29 juin 1939 d'un petit garçon.

Yaakov n'a pas trois mois lorsque l'armée allemande entre dans la ville. Dans les tout premiers temps, mes parents s'en sortent. Ils travaillent pour le compte d'une entreprise allemande de vêtements, Günter Schwarz. Mon père, qui a de bonnes notions d'électricité, s'est arrangé pour trafiquer le compteur de l'atelier de confection : en fin de journée il le remet à zéro, et garde le charbon destiné à chauffer les fers à repasser. Il lui arrive aussi d'échanger des vêtements contre un peu de nourriture.

Très vite, cependant, les choses se détériorent. Les Allemands multiplient les brutalités et les persécutions à l'égard des Juifs, puis transforment en un ghetto relativement hermétique le quartier où vivent mes parents. L'un des beaux-frères de mon père leur propose de le rejoindre chez lui, dans une partie libre de la ville. Mais, après avoir échappé à une première rafle, mes parents jugent plus prudent de retourner chez eux.

En 1942, la terreur s'installe dans le ghetto. Il y a ce jour où mes parents sont contraints de sortir de chez eux pour assister à la pendaison de dix hommes. Et puis vient le 14 mai. Ce jour-là, les Allemands rassemblent sur une place toutes les femmes âgées de plus de 60 ans et les mères ayant des enfants, en vue de les trier. Les femmes valides resteront à Brzeziny ; les autres seront envoyées ailleurs. Où ? Et que vont-elles devenir ? Ma mère se cramponne au bras de ma grand-mère, elle ne veut pas se séparer d'elle. Lorsqu'un Allemand lui ordonne d'aller à droite avec son fils, elle commence par refuser. Le président du ghetto de Brzeziny lui conseille d'obéir ; sans doute sait-il, lui, ce qu'il adviendra du groupe sélectionné.

Ma mère est dirigée vers une grande maison, déjà pleine de femmes et d'enfants terrifiés. Des Allemands arrivent bientôt en camion, et arrachent les petits des bras de leurs mères, un enfant après l'autre. Yaakov accroché à son cou, ma mère recule au fond de la pièce. Son tour arrive, un Allemand lui ordonne de déposer son fils à terre. « Il ne sait pas marcher », bredouille-t-elle. L'Allemand attrape Yaakov par les cheveux et le jette au sol. Mon frère se relève, il court vers ma mère. Alors l'Allemand lève sa cravache et commence à la frapper, méthodiquement, sur tout le corps. Lorsque les coups cessent et que ma mère reprend ses esprits, Yaakov a disparu. Elle se précipite chez elle en courant. L'un de ses frères l'aperçoit, seule dans la rue, et pressent le drame. Il la rattrape de justesse alors qu'elle tente de se jeter par la fenêtre de l'appartement.

On sait, aujourd'hui, ce qui est arrivé aux enfants de Brzeziny. Un chercheur américain, Patrick Montague, a reconstitué l'épisode grâce aux dépositions de rescapés. Les petits ont été chargés sur des charrettes, puis conduits à la gare de Gałków, au sud de la ville. Là-bas, des policiers juifs avaient ordre de les jeter dans les wagons d'un train de marchandises. Il paraît que l'adjoint du chef du ghetto a tenté d'y déposer délicatement un nouveau-né de quatre semaines ; un Allemand s'est précipité sur lui et a frappé le bébé à la tête, avec le manche de sa cravache. Comme l'opération n'allait pas assez vite, des Allemands y ont participé à leur tour, en saisissant les petits par les jambes pour les jeter dans les wagons. Des femmes, des personnes âgées, ont été emmenées dans le même convoi. Vraisemblablement à Chełmno, selon Patrick Montague : un petit village, au nord-ouest de Łódź, où les nazis ont mené des tests pour la solution finale. Ils faisaient monter les Juifs dans des camions scellés, et renvoyaient les gaz d'échappement à l'intérieur. Après ça, les camions étaient conduits dans la forêt pour être déchargés par des hommes restés valides.

J'avais 6 ou 7 ans quand j'ai découvert l'existence de ce frère aîné. C'était une soirée d'hiver, une soirée morne. Il était 19 heures, nous nous apprêtions à passer à table. En levant les yeux sur ma mère, je lui ai vu un visage que je ne lui connaissais pas. Elle avait des yeux fixes et brûlants, des yeux qui m'ont fait peur : j'ai jeté un regard affolé à mon père, il s'est détourné. Et puis ma mère a commencé à parler. Elle a raconté comment un jour, en Pologne, on lui avait arraché son garçon des bras. Comment elle avait été frappée à coups de cravache. Comment son enfant avait été empoigné par les cheveux, jeté à terre puis emmené pour une destination inconnue. Comment il avait disparu.

Je suis restée pétrifiée, je n'osais plus respirer. J'ai vu mon père, livide, se lever pour enlacer ma mère, je l'ai entendu murmurer « Arrête ». Elle est restée un long moment silencieuse, statufiée. Elle a fini par sortir de sa torpeur et le repas s'est poursuivi dans un silence étouffant, interrompu par le seul bruit des couverts contre les assiettes.

Je me souviens avoir senti le sol se dérober sous mes pieds. Je m'efforçais de comprendre ce qui venait de se passer. Qu'avait voulu dire ma mère ? Se pouvait-il qu'elle ait eu un autre enfant que moi ? Avais-je mal compris ? Mais non, c'était bien ce qu'elle avait dit. J'entends aujourd'hui encore le timbre de sa voix : il s'est inscrit en moi, je n'ai jamais pu m'en défaire.

Le lendemain matin, ma première pensée a été d'essayer de comprendre ce qui s'était joué la veille. J'ai laissé la lumière s'insinuer dans ma chambre, puis je me suis glissée hors du lit. J'ai croisé mon reflet dans le grand miroir de l'armoire. Il m'a semblé à la fois étrange et familier, comme si une partie de moi s'était échappée. Dans la cuisine, la bouilloire chantait déjà sur la gazinière. Mon père lisait son journal en attendant son thé. Ma mère préparait mon petit déjeuner. Rien n'avait changé. Chaque chose était à sa place. La même ampoule dispensait dans la pièce la même lumière un peu blafarde. Sur le vaisselier, le flacon d'huile de foie de morue était là, posé bien en vue. Je n'échapperais pas à ma cuillère quotidienne. Je me suis postée devant la fenêtre qui donne sur la rue du Château-d'Eau et, le nez collé à la vitre, j'ai laissé mon regard errer sur les enfants qui jouaient à sauter dans les flaques d'eau.

Rien n'avait changé, mais plus rien n'était pareil. J'avais un frère. Je sentais à présent le manque, le grand vide laissé par cet aîné auprès de qui j'aurais pu grandir. S'il avait été là, il m'aurait protégée, consolée. Nous aurions été deux, face à nos parents ravagés. « J'ai du travail et je n'ai ni le temps ni les moyens de m'occuper d'un autre enfant », m'avait répondu maman, sans un regard, un jour où je l'interrogeais sur l'arrivée éventuelle d'un petit frère ou d'une petite sœur. J'avais fini par m'imaginer une fratrie parmi mes jouets d'enfant, mon ours Michka et ma poupée Lilly.

Lorsque je me rends aujourd'hui à Yad Vashem, je vais toujours dans la salle dédiée aux enfants juifs assassinés pendant la Shoah. C'est un lieu impressionnant, creusé dans la roche et éclairé à la seule lueur vacillante de milliers de bougies. 24 heures sur 24, une voix égrène, lentement, le nom, l'âge et le pays d'origine des petits disparus. Il y en aurait environ 1,5 million. J'ai beau m'attarder à chaque fois, suspendue à la longue litanie des noms qui s'écoulent, je n'ai jamais entendu prononcer celui de Yaakov. Ça m'aiderait, peut-être. Je n'ai pas de tombe où me recueillir, pas de photo qui me permette de me le représenter. Je sais juste que mon frère avait des cheveux bruns frisés, des yeux marron. C'est peu pour faire son deuil.

*

Quatre jours après la rafle, mes parents sont expulsés de Brzeziny et envoyés, comme le reste de la communauté juive de la ville, dans le ghetto de Łódź, à une centaine de kilomètres de Varsovie. Deux des frères de mon père font partie des quelque 300 Juifs réquisitionnés par les Allemands pour nettoyer le ghetto de Brzeziny. Et abattus comme des bêtes, une fois le travail fini.

À Łódź, mes parents s'installent au numéro 10 de la rue Wolborska, chez Herschel, un autre de mes oncles paternels. Ils y sont rejoints par les parents de mon père miraculeusement réchappés de la sélection, et par deux sœurs de ma mère. Les privations et la promiscuité rendent la vie bien plus difficile qu'à Brzeziny. Ce qu'il reste des familles Horn et Herszkowicz se trouve entassé dans une même pièce, au troisième étage d'un immeuble : ils dorment à tour de rôle et, pour faire leurs besoins, passent derrière un rideau et utilisent un seau en bois, qu'ils vident dehors une fois la nuit tombée. Les quelque quatre kilomètres carrés du ghetto sont entourés de clôtures électriques, de barbelés, de miradors.

Łódź est alors la capitale du textile de l'Europe de l'Est, elle approvisionne notamment la Wehrmacht en vêtements. Mon père est immédiatement embauché dans une usine de filature où l'on fabrique des uniformes militaires. C'est une chance, bien sûr : dans le ghetto, la survie de chacun dépend largement de sa capacité à participer à l'effort de guerre. Chaque jour, des malades et des vieux sont rassemblés dans des cours d'immeuble et hissés à coups de crosse sur des charrettes pour être déportés.

L'usine de mon père est dirigée par des Juifs, mais placée sous la surveillance d'un commissaire allemand. En échange de son travail, mon père reçoit un pain par semaine ; il a droit à un bol de soupe à midi, pendant son quart d'heure de pause. Il est débrouillard, je l'ai dit : il offre un jour à la femme du commissaire une robe fabriquée par ma mère à partir d'un vieux pardessus déniché dans un grenier. Après ça, il devient pour un temps le protégé du commissaire et réussit à faire embaucher à son tour ma mère à l'usine, comme mécanicienne.

Dans la minuscule cuisine de l'appartement, la famille économise la nourriture comme elle peut, conservant les épluchures, taillant les légumes en tout petits morceaux. Ma mère m'a raconté que mon père refusait de recevoir une ration plus importante que la sienne et menaçait de jeter tout le repas à la poubelle si les parts n'étaient pas équitables. Au moins y a-t-il de quoi manger un peu. Ailleurs, dans le ghetto, la faim terrasse des familles entières. Dans l'immeuble, cependant, les relations se tendent. Un jour, des voisins tentent de pénétrer dans la cuisine pour voler de la nourriture.

Plus tard, mon père est affecté dans une boulangerie. Comme simple artisan au début puis, grâce à ses connaissances en comptabilité, en tant que secrétaire. Il vole chaque jour un peu de pain, pour le ramener à la maison. Il sait qu'il joue gros, qu'il sera tué si on le surprend. Mais les rations sont devenues trop maigres. Ma mère vend au marché noir une partie du pain dérobé pour acheter des fortifiants à base de plantes médicinales.

Est-ce que mes parents pressentent alors ce qui va suivre ? Pensent-ils qu'il suffit de tenir quelques mois encore, que le monde va réagir ? Peut-être n'ont-ils pas même le temps de penser au lendemain, dans ce bricolage quotidien.

Quelques semaines avant la liquidation du ghetto de Łódź, ma mère découvre qu'elle est de nouveau enceinte – enceinte de moi. Elle consulte une sage-femme avec mon père, pour en avoir le cœur net et essayer d'avorter clandestinement. Il lui semble impossible de porter un enfant. Pas dans le ghetto, pas après que Yaakov lui a été arraché. En allant chercher ses instruments, la sage-femme tente de la dissuader. La guerre va bientôt prendre fin, il est dommage d'interrompre une grossesse. Surtout, l'opération risque de la tuer. Il n'en faut pas davantage à mon père pour se raviser et faire descendre ma mère de la table d'examen.

Ma mère cède mais, quelques jours plus tard, elle se rend en cachette à l'hôpital du ghetto où elle supplie une infirmière de l'aider. La femme finit par accepter en échange de fruits, lui demande de revenir le lendemain. Le lendemain, il est trop tard. Lorsque ma mère sort de chez elle, les rues sont désertes, il n'y a pas un bruit. Devant l'hôpital, un agent juif lui ordonne de faire demi-tour : les lieux ont été évacués la veille au soir.

Les Allemands ont entrepris de liquider le ghetto. Ma grand-mère paternelle, Chaja, est déportée la première. Puis vient le tour de mes parents et de la sœur de ma mère, Gitla.

Peu de temps avant la liquidation du ghetto en août 1944, au point du jour, mes parents sont conduits à la gare de Radogoszcz où, sous la surveillance des Allemands, la police juive du ghetto les fait monter dans des wagons à bestiaux. Ils ont une valise chacun, ils ne savent pas où on les emmène ; ils ignorent qui, des oncles, des tantes, des cousins et des cousines, est encore en vie.

J'essaie de me représenter la scène. L'odeur d'excrément et d'urine, la chaleur, leurs lèvres abîmées par la soif et, dans la nuit du wagon, mon père qui murmure à sa jeune femme enceinte des mots d'apaisement. On les conduit sans doute dans un autre ghetto : là-bas, il le lui promet, ils iront à l'hôpital pour qu'elle avorte. Sans doute n'y croit-il pas lui-même. Comment le pourrait-il ? Depuis des mois, il se raconte des choses sur les camps, sur Auschwitz. Dans l'obscurité, mon père reconnaît la silhouette de son ami Abraham. Il réussit à se glisser jusqu'à lui, pour lui faire promettre de prendre soin de sa femme s'il lui arrive quelque chose.

Combien de temps le trajet dure-t-il ? Deux jours ? Trois ? Parfois, le convoi s'arrête en pleine voie, pour quelques heures. Et puis il s'immobilise pour de bon, et les portes du wagon s'ouvrent. Une grande agitation règne sur le quai. Des chiens tenus en laisse aboient et grondent, les SS font descendre les prisonniers en hurlant et les regroupent en deux files : les femmes d'un côté, les hommes de l'autre. On fait lâcher à mes parents leurs deux petites valises, on les sépare à coups de crosse. Le temps que ma mère se retourne, mon père a disparu.

J'imagine aujourd'hui ses yeux terrorisés, le visage de cette jeune femme de 30 ans, perdue dans un cauchemar avec un bébé dans le ventre. Dans la longue troupe des femmes, ma mère retrouve sa sœur Gitla ; elle se cramponne à elle. Les Allemands les emmènent avec les autres dans une cour et leur ordonnent de se déshabiller. Ma mère cherche d'abord à garder ses sous-vêtements, elle finit par les retirer aussi. Toute la nuit, les femmes restent là, hébétées et transies. Au petit matin seulement, elles ont le droit de se rhabiller.

Ma mère et ma tante reçoivent chacune la moitié d'un pain et du saucisson, puis on les fait monter dans un camion bâché en direction de Bomlitz-Benefeld en Allemagne, un camp de travail annexe du camp de concentration de Bergen-Belsen. En descendant du camion, ma mère est prise de nausées et de vomissements. Terrorisée à l'idée qu'on puisse découvrir sa grossesse, Gitla la supplie de prendre sur elle.

Après six semaines, ma mère et ma tante sont à nouveau déplacées : à Buchenwald, puis au camp d'Elsnig. Elles sont affectées, là-bas, à une usine de guerre nazie, la société d'explosifs WASAG. Ma tante fait partie des équipes de nuit. Ma mère y échappe, mais le travail est harassant. Les déportées doivent porter des rails de chemin de fer, d'énormes caisses en bois, des bombes aussi, du matin au soir. J'ai entendu ma mère avouer qu'elle avait espéré que ces tâches exténuantes la débarrasseraient de sa grossesse.

Une fois, elle manque en effet de me perdre. Dans le camp, les détenues se débrouillent comme elles peuvent pour trouver un peu plus de nourriture, être moins maltraitées. Un jour, une déportée affectée aux cuisines demande à ma mère de lui fabriquer un chemisier avec un bout de tissu, en échange d'un morceau de pain. Ma mère accepte, enfouit le tissu dans une poche. Le lendemain matin, comme tous les jours, les détenues sont rassemblées au petit matin pour l'appel. Il faut attendre debout, pendant des heures. L'hiver est déjà là et le froid les dévore : ma mère finit par sortir le morceau d'étoffe de sa poche pour s'en couvrir la tête. Une kapo s'approche, lui demande où elle l'a volé. Puis lui arrache le tissu des mains et lui assène des coups de cravache, en lui cinglant le ventre. Est-ce que ma mère a redouté de faire une fausse couche ? Est-ce qu'elle l'a une nouvelle fois espéré ? Elle et moi avons survécu.

Pendant les semaines qu'elle passe à Elsnig, ma mère dissimule comme elle peut sa grossesse. Jusqu'à ce jour où une rumeur se répand dans le camp : une détenue a accouché, seule, sur sa paillasse. Le commandant fait rassembler les femmes et ordonne aux détenues enceintes de se dénoncer : celles dont on découvrira qu'elles ont menti seront fusillées sur-le-champ. Ma mère court à l'infirmerie. De toute façon, elle entre dans son septième mois : il devient impossible de cacher son état.

L'infirmière soumet ma mère à un interrogatoire en règle. Elle veut comprendre comment elle a pu tromper à ce point la vigilance des gardiennes. Ma mère lui raconte la vérité : elle porte un manteau suffisamment ample pour camoufler ses formes le jour et, le soir, elle vit comme une taupe, plongée dans l'obscurité de la baraque. Elle ne se lave jamais avec les autres détenues, sa sœur lui amène un seau d'eau : personne, à Elsnig, ne l'a jamais vue déshabillée.

Deux autres femmes avouent leur grossesse. J'ai retrouvé leurs noms, au cours de mes recherches : Cesia Widermann et Lola Perelstein, enceintes comme ma mère de sept mois. Dans les camps, une grossesse condamne à mort : à Auschwitz, les femmes enceintes sont sélectionnées dès leur arrivée et envoyées aux chambres à gaz. Celles qui parviennent à cacher leur état tâchent de le garder secret le plus longtemps possible. Des témoins ont raconté qu'à Auschwitz des médecins détenus pratiquaient secrètement des avortements afin de leur sauver la vie.

Le commandant d'Elsnig décide, lui, de transférer ma mère et les deux autres femmes enceintes à Bergen-Belsen, un camp de concentration situé en Basse-Saxe, à quelques dizaines de kilomètres au nord de Hanovre. Elles partent le 22 janvier 1945, par une glaciale matinée d'hiver. Dans le bon de transport qui les accompagne, le commandant a pris soin de spécifier que « les prisonnières se sont montrées courageuses, travaillant jusqu'à douze heures par jour dans l'usine d'explosifs ». Désespérée à l'idée d'être séparée de sa sœur, Gitla manque se jeter sur les barbelés électrifiés pour mettre fin à ses jours.

À la différence de Dachau, Buchenwald ou Ravensbrück, Bergen-Belsen n'a pas été pensé comme un camp d'extermination. Installé au milieu d'une forêt de sapins, il a d'abord accueilli des prisonniers de guerre puis, au fil des mois, est devenu un camp de concentration divisé en plusieurs secteurs entourés de barbelés et de miradors. À partir de l'été 1944, face à l'avancée des Russes, des convois de déportés en provenance d'autres camps à l'est commencent à affluer, toujours plus nombreux : des centaines de détenus, souvent à moitié morts d'épuisement. Lorsque ma mère y pose le pied, Bergen-Belsen est déjà l'enfer que découvriront les Alliés à la libération du camp.

Il n'y a plus d'eau, plus de nourriture, le typhus passe de baraque en baraque. Les déportés tombent, les uns après les autres, les corps s'amoncellent dans les allées couvertes de boue gelée. Bergen-Belsen a été conçu pour 10 000 prisonniers. Le 15 avril 1945, en libérant le camp, les Anglais y découvrent 60 000 survivants, et presque autant de cadavres. Pour contenir l'épidémie de typhus, ils sont contraints de mettre le feu aux baraques, après avoir ramassé les amas de corps avec des pelleteuses, pour les ensevelir dans des fosses communes recouvertes de chaux vive.

À leur arrivée, ma mère et les deux autres détenues enceintes sont directement conduites au « camp des femmes ». C'est là, leur explique-t-on, qu'elles devront mettre au monde leur enfant. En attendant, elles sont dispensées de travail.

*

Un matin de 1996, le téléphone a sonné. Il était huit heures, je m'en souviens bien. Mon père m'appelait pour me dire que ma mère n'était pas très en forme. Elle avait un peu de fièvre et une mauvaise toux. Depuis leur retraite, mes parents s'étaient installés à Menton ; j'ai pris le premier train pour les rejoindre. Depuis la gare, j'ai remonté l'avenue de Sospel et, arrivée en bas de leur immeuble, j'ai levé les yeux. Fidèle à son habitude, mon père me guettait à la fenêtre. Le médecin était passé dans la journée, il avait diagnostiqué une mauvaise bronchite que les antibiotiques ne parvenaient pas à guérir.

« Il faut que je te parle », m'a dit ma mère le lendemain matin. Elle était couchée de tout son long dans le lit, le visage pâle, le corps secoué par la toux. Elle avait un ton grave, une sorte d'empressement que je ne lui avais jamais connu. Je n'étais pas préparée à des confidences, je ne les attendais plus. J'ai attrapé du papier et un stylo au fond de mon sac. Ma mère a pris une profonde inspiration, et a entamé un long monologue. Je me suis efforcée de ne pas lui couper la parole, j'étais terrorisée à l'idée qu'elle puisse s'arrêter. J'ai la fâcheuse manie d'interrompre les gens, mon mari me le reproche souvent.

Ma mère m'a raconté sa rencontre avec mon père, leurs années sur les bancs de l'école. Elle a parlé de ses grands-parents, de ses oncles et de ses tantes. Elle a décrit sa vie dans les ghettos de Brzeziny et de Łódź, sa déportation à Auschwitz, son envoi au camp de travail d'Elsnig puis son transfert à Bergen-Belsen. Elle a arrêté son récit aux portes de la baraque où elle m'a mise au monde.

De la fenêtre du salon, un peu plus tard, j'ai regardé le soleil sur la mer, au loin. J'aurais tant aimé que ma mère me raconte ma naissance. Qu'elle me dise comment elle s'était débrouillée pour que nous survivions toutes les deux. Ce qu'elle avait ressenti, ce jour-là. La douleur, la peur. La joie aussi, sans doute. L'effarement de voir un nouveau-né arriver au milieu du charnier. Un petit corps chaud et lisse, un petit être aux yeux profonds ; l'aberration de cette vie nouvelle, de cette vie exclusivement occupée d'elle-même, au milieu d'un champ de cadavres. Mais ma mère n'a pas pu me dire cela. Ce que je sais de ma naissance, je l'ai appris comme bien d'autres choses : par fragments de récits faits à d'autres, par bribes. J'ai des noms, une ou deux anecdotes. C'est un récit presque sans émotion, et qui me reste étranger.

Lorsque ma mère rejoint sa baraque du camp des femmes, d'autres prisonnières sont sur le point d'accoucher. Elle a le temps d'assister à plusieurs naissances ; la nuit, les détenues font brûler des bouts de papier et de bois pour suivre les accouchements et essayer de les faciliter.

Juste après son arrivée au camp, elle attrape le typhus. À l'infirmerie où elle est envoyée, le médecin recommande du repos ; elle peut dormir dans un vrai lit. Là-bas, elle retrouve la fille d'une voisine du ghetto de Brzeziny, qui veille sur elle alors que la fièvre la terrasse. À peine remise sur pied, elle est renvoyée dans sa baraque.

Un matin, un vent de panique parcourt le camp. La kapo en chef d'Auschwitz est à Bergen-Belsen. Peut-être pour rendre visite au commandant du camp, Josef Kramer, qui a officié là-bas par le passé. Lorsque la kapo pénètre dans sa baraque, ma mère trouve la force et l'audace de l'interpeller. Autour d'elle, les bébés meurent les uns après les autres et elle n'a rien pour envelopper son enfant à naître.

La kapo toise ma mère un instant, puis elle ouvre son sac et lui tend un paquet de cigarettes. Avec ça, lui dit-elle, elle obtiendra ce qu'elle voudra. Le lendemain, ma mère échange les cigarettes contre des langes. Quelques jours plus tard, elle perd les eaux. Une détenue reste à ses côtés, pour l'aider à me mettre au monde. Il est environ quinze heures lorsque je pousse mon premier cri, le 24 mars 1945. L'unique détail que ma mère m'ait directement donné, c'est que, ce jour-là, le ciel était bleu.

Je sais cependant qu'elle était terrifiée à l'idée de me perdre. À l'idée que je meure, ou qu'on m'arrache à elle. Je l'ai entendue raconter qu'elle s'était mise à implorer Dieu, elle qui était si peu croyante : « Tu m'as déjà pris un enfant. Si tu dois me prendre celui-là aussi, je préfère fermer définitivement les yeux. »

Dans cette course contre la mort, ma mère fait bloc avec Rahela, qui a accouché en même temps qu'elle d'un petit garçon. Ensemble, elles chassent les poux de nos petits corps emmaillotés. Elles parviennent, l'une et l'autre, à ne pas contracter d'infections. Elles réussissent à nous allaiter. Trois semaines plus tard, les Anglais libèrent le camp.

*

Après avoir été séparé de ma mère, mon père reste huit jours à Auschwitz, avec Abraham et les autres détenus. Un matin, on les regroupe, et l'on remet à chacun un demi-pain noir avant de les faire monter dans un nouveau train. Le voyage dure plusieurs jours, sans eau, sans autre nourriture que le pain du début. À l'arrivée, le wagon est plein de cadavres et de vivants devenus fous ; la moitié des prisonniers n'a pas survécu.

Ils sont à Kaufering, une sorte de complexe concentrationnaire dépendant de Dachau, près de Munich, composé de plusieurs camps satellites. C'est là, le 1er septembre 1944, que, pour mon père, le cauchemar commence. Après la guerre, il apprendra qu'on appelait Kaufering le « crématoire froid ». La moitié des 30 000 détenus qui y ont été déportés sont morts non pas dans des chambres à gaz, mais d'épuisement, de famine, du typhus, de mauvais traitements.

Mon père y reçoit un numéro : le matricule 96389. Le matin, les détenus sont réveillés par les cris des chefs de block à 4 heures. Ils ont quelques minutes à peine pour se lever, s'habiller et se réunir dans la cour d'inspection, pour l'appel. Puis ils parcourent dans l'obscurité sept kilomètres à pied sous la surveillance étroite des sentinelles SS.

Leur travail consiste à construire un bunker souterrain où les Allemands projettent d'assembler des avions Messerschmitt à l'abri des bombes alliées. Un travail, si l'on veut. Ce n'est pas facile de trouver le mot approprié pour parler d'un labeur qui a l'allure d'une mise à mort. Les prisonniers creusent le sol, transportent sur leur dos des sacs de cinquante kilos de ciment, de l'aube jusqu'à la nuit. Mon père m'a raconté, et je l'ai lu ensuite, qu'il arrivait que des détenus trop faibles vacillent, et tombent dans le cratère du chantier avec leur chargement. On les laissait là, ils y étaient enterrés vivants. Il m'a décrit, aussi, les séances de gymnastique qui avaient lieu certains soirs. On les sortait des blocks, on les rassemblait, puis ils devaient fléchir les genoux, tendre les bras, sauter, encore et encore, pendant des heures. Mon père s'est toujours demandé si les Allemands faisaient ça par sadisme, ou pour se divertir.

L'hiver vient, l'atroce hiver 1944. Mon père enfouit des couches de papier à même la peau, sous sa chemise. Le matin, dans les baraques, on retrouve des prisonniers morts de froid pendant la nuit, sans un cri. Chaque semaine, il y a de nouvelles sélections. Il faut passer torse nu devant le médecin du camp, essayer de se tenir droit, d'avoir l'air encore vaillant. Ceux qui ne sont plus aptes au travail sont renvoyés à Auschwitz pour y être gazés.

Plusieurs mois s'écoulent à ce régime. Mon père n'a plus de chair au bout des doigts. Ça aussi, c'est une chose qu'il me racontait souvent, à la fin de sa vie : cette bouillie ensanglantée et durcie par le froid, là où existaient jadis ses belles mains de tailleur.

Un matin, un garde allemand ordonne aux détenus de lâcher les lourds rails de fer qu'ils transportent. Les mains tremblantes, mon père obtempère mais il est le dernier à obéir. Le garde arrive sur lui et le frappe de toutes ses forces, jusqu'à ce que mon père tombe à terre. Le garde lui jette un regard de dégoût avant de tourner les talons. Lorsque mon père se relève, ses jambes refusent de le porter. Son ami Abraham est obligé de le soutenir pour parcourir les kilomètres qui les séparent du camp. Une fois arrivés, ils prennent leur place dans la queue pour la soupe, le bouillon à peine épaissi que l'on donne aux détenus. Lorsque leur tour vient, la lessiveuse est vide.

Le lendemain matin, mon père se rend au bureau des sélections et demande à rejoindre les prisonniers malades. C'est la mort assurée, il le sait, mais il ne peut plus tenir. On l'envoie à l'infirmerie, où un médecin lui apprend qu'il a le typhus. Abraham le rejoint, plus faible encore que lui ; il meurt peu de temps après.

À l'infirmerie, mon père fait la connaissance de Shaya, un malade qui le prend sous son aile : il lui donne à boire, il le supplie de tenir. Mon père lui confie son secret ; sa femme, déportée quelque part elle aussi, est enceinte. Il n'espère plus survivre : il faut que quelqu'un sache.

Quelques jours plus tard, pour se soustraire à l'avancée des troupes alliées, les Allemands entreprennent d'évacuer Kaufering. Mon père est suffisamment vaillant pour être emmené avec d'autres détenus. Ça l'a peut-être sauvé : ceux qui ne pouvaient plus ni marcher ni être transportés ont été brûlés vifs au lance-flammes.

Telle qu'elle m'a été racontée, la suite ressemble au scénario d'un film, un film un peu grossier. Les détenus sont conduits jusqu'à une ligne de chemin de fer où stationnent deux rames de wagons de marchandises rangées côte à côte. L'une est remplie de soldats allemands, l'autre de détenus. Les trains s'ébranlent pour une destination inconnue. Mais l'aviation américaine est déjà là : une escadrille pique sur eux, et bombarde les convois en chapelet.

Comme beaucoup d'autres prisonniers, mon père et Shaya parviennent à s'échapper. Ils courent à travers champs jusqu'à une forêt toute proche, ils parviennent à se cacher dans une scierie. Deux Allemands y pénètrent après eux pour se changer, revêtir des vêtements civils et ressortent. Mon père et Shaya les imitent, partent à leur tour. Quelques instants plus tard, la scierie explose, touchée par une bombe. Ils finissent par se cacher dans l'écurie d'une ferme allemande, pour ne plus en bouger.

Le 29 avril 1945, les Américains entrent à Kaufering. Ils découvrent les baraques, les corps amoncelés, les dépouilles calcinées du camp IV ; ils obligent les habitants des environs à venir sur place enterrer de leurs propres mains les cadavres abandonnés.

Mon père est transféré non loin de là, à Sankt Ottilien, dans un monastère transformé en hôpital militaire. Il pèse 38 kilos. À toutes les personnes qui quittent l'hôpital, il remet une lettre où il est inscrit : « Je cherche Brucha Horn. Je suis vivant, je me trouve à Sankt Ottilien. »

Peu à peu, il reprend des forces. Sa seule obsession est de retrouver la trace des membres de sa famille. Brucha, surtout. Brucha, d'abord. Est-ce qu'elle est encore en vie ? Est-ce que le bébé est né ? Il pense retourner en Pologne : Brzeziny est le seul endroit qui puisse les relier, ma mère et lui. Les médecins lui déconseillent de quitter l'hôpital, ils lui demandent de signer une décharge. Peu de temps après, on lui annonce qu'un message est arrivé pour lui : « Brucha Horn a accouché d'une petite fille. Elles se trouvent à Bergen-Belsen. » Mon père peine à le croire mais, quelque temps plus tard, la Croix-Rouge lui remet une lettre de sa femme elle-même. Elle dit : « Zelig chéri, grâce à ma grossesse je suis en vie. Cela m'a donné le courage de survivre. Notre bébé est magnifique. Je suis à Bergen-Belsen. Viens me rejoindre. »

Dès le lendemain, mon père et son ami Shaya préparent leur départ. Bergen-Belsen est loin, à plus de 600 kilomètres au nord. Après de longues discussions, les Américains finissent par leur accorder un laissez-passer. Ce papier-là aussi, je l'ai conservé. Il y est écrit « One way only » : c'est un aller sans retour. Le train qu'ils ont à prendre est bondé ; ils voyagent assis sur un soufflet qui relie deux wagons.

Lorsqu'ils arrivent à Bergen-Belsen, en août 1945, il ne reste rien du camp ; les rescapés ont été transférés dans une ancienne caserne militaire rebaptisée DP, pour *Displaced Persons*. C'est là, dans une des larges avenues longeant les bâtiments, que mes parents se retrouvent après neuf mois d'errance.

*

J'ai des photos de nous trois au camp de DP. Je ne sais pas qui les a prises. Sur l'une d'elles, ma mère plisse un peu les yeux, mon père me porte dans les bras. Il flotte dans ses vêtements, il a un sourire un peu vague, des yeux perdus. Il n'a que 33 ans, mais il a le visage d'un vieil homme.

Après la libération de Bergen-Belsen, la première pensée de ma mère a également été de retourner en Pologne, pour essayer de retrouver mon père : elle n'a aucune nouvelle de son mari depuis ce jour d'août 1944 où, sur le quai de sélection d'Auschwitz, il a brutalement disparu. Un jour, cependant, deux hommes pénètrent dans la chambre qu'elle partage avec trois autres femmes. « Madame Horn, c'est bien vous ? » Ils lui apprennent que son mari est vivant et se trouve dans un hôpital militaire. Elle fond en larmes et éclate de rire en même temps, sans pouvoir prononcer un mot. Un général anglais l'encourage à passer par la Croix-Rouge, qui a été chargée de rassembler les familles après la guerre. Elle transmet une lettre, elle attend. Un matin d'août 1945, alors qu'elle me promène le long des parterres fleuris du camp, mon père arrive enfin.

Dans l'intervalle, il a fallu essayer de revenir à une vie normale. Une façon d'être avec les gens, une façon de réagir aux choses. J'essaie de me représenter ce que ça a été, cette vie d'après la dévastation. Ce que ça a pu être, pour ma mère, de retrouver le monde après avoir été si infiniment seule. Moi, bébé, qui ai un mois, puis trois, puis cinq. Moi qui m'éveille au monde au milieu de naufragés. Ma mère, si douce et discrète, m'a dit qu'au camp de DP, un jour, elle avait vu une Allemande promener un landau et qu'elle s'était ruée sur elle pour le lui voler. Elle n'avait rien pour moi, m'a-t-elle expliqué très tranquillement, alors elle s'était servie. L'Allemande avait à peine eu le temps de récupérer son bébé hurlant.

Peu de temps après l'arrivée de mon père et de Shaya, ma tante Gitla rejoint elle aussi Bergen-Belsen. Comment ? Je l'ignore. Mais je sais qu'au camp de DP, une idylle se noue entre elle et Shaya. Ils se marient là-bas, le 6 janvier 1946.

La vie reprend ses droits, peu à peu. Des classes s'ouvrent pour les enfants, on propose aux rescapés des cours de théâtre et de musique. Le 27 juillet 1945, le violoniste Yehudi Menuhin donne un concert au camp de DP, accompagné au piano par le compositeur britannique Benjamin Britten. En 2016, pour les cent ans de la naissance de Menuhin, le même concert a été rejoué à Bergen-Belsen avec Aleksey Semenenko au violon et Inna Firsova au piano. C'était au Roundhouse, l'ancien mess des officiers de la Wehrmacht, transformé après la libération en salle de concert, de conférence et d'exposition.

Les historiens estiment qu'environ 10 000 Juifs ont vécu au camp de DP entre 1945 et 1950, date à laquelle le camp a fermé ses portes. Là-bas, on les a soignés, nourris, on leur a fourni des habits et des produits de première nécessité. Ceux qui souhaitaient rentrer dans leur pays d'origine ont été rapidement rapatriés. Il restait à trouver un pays d'accueil et à obtenir des autorisations d'immigration pour les autres. En mars 1946, le camp est placé sous l'égide de l'UNRRA (Administration des Nations unies pour le secours et la reconstruction), l'organisme international mis en place pendant la guerre pour assister et rapatrier les millions de personnes déplacées. À cette époque, il ne reste pratiquement que des Juifs polonais et hongrois dans le camp, qui refusent de retourner dans leur pays d'origine.

Mes parents en font partie. La Pologne est leur patrie mais ils ont peu de chances de retrouver des proches vivants et leurs biens ont probablement été volés, sans espoir de restitution. De fait, les Polonais n'ont jamais indemnisé les Juifs spoliés. Plus tard, mes parents rassembleront des preuves pour tenter d'obtenir réparation, en vain. Les archives ont brûlé, leur sera-t-il répondu. Ils recevront pourtant un courrier de notaire réclamant le financement de travaux de rénovation des immeubles qui appartenaient à notre famille.

Je sais que mes parents, au camp de DP, font une demande de visa pour les États-Unis. En attendant, dans l'espoir de retrouver des membres de leur famille, ils placent des annonces un peu partout, par l'intermédiaire de la Croix-Rouge. C'est grâce à cela qu'un oncle de mon père, Hillel, nous retrouve et organise notre rapatriement en France, en juin 1946.

Il s'est écoulé un peu moins d'un an depuis les retrouvailles de mes parents à Bergen-Belsen. Ailleurs, certains déportés ont attendu dix ans avant d'obtenir un visa. Le camp de

Föhrenwald, au sud-ouest de Munich, n'a fermé ses portes qu'en 1957.

*

Hillel avait émigré de Pologne en France en 1920, à l'âge de 19 ans. Était-ce pour des raisons économiques ? Fuyait-il les tensions antisémites de l'entre-deux-guerres ? Je ne l'ai jamais su. À son arrivée sur le territoire, l'administration française avait mal orthographié son nom, transformé de Horn en Horyn, par une curieuse ironie de l'histoire. Il en fut de même pour mes parents. J'ignore comment Hillel a échappé à la déportation – j'ai appris, en consultant son dossier de naturalisation, qu'il s'était engagé volontairement en octobre 1939, sans avoir jamais été appelé. Il avait fondé une famille en France et, en 1946, habitait rue du Faubourg-Saint-Denis dans le 10e arrondissement, avec sa femme Fanny et leurs deux filles, Ginette et Jacqueline. Je me souviens d'un grand gaillard aux yeux bleus, tout en rondeurs, qui respirait la bonté.

Ginette et Jacqueline avaient 12 et 17 ans lorsque mes parents et moi sommes arrivés à Paris. Elles se sont occupées de moi comme des sœurs, ou des tantes. Elles m'accompagnaient au dispensaire de la Croix-Rouge, rue Lucien-Sampaix, un immeuble d'inspiration Art déco. Ce sont elles aussi qui m'ont offert mon premier livre : *Jane Eyre* de Charlotte Brontë, dans une édition illustrée et reliée dans un tissu rose. Il a le papier jauni et l'odeur un peu âcre des vieux livres, mais je l'ai précieusement conservé.

Au bout de six mois, nous avons posé nos valises deux pâtés de maisons plus loin, au premier étage d'un vieil immeuble qui faisait l'angle des rues du Château-d'Eau et du Faubourg-Saint-Martin. Un appartement exigu, aux murs écaillés et au plafond bas. De l'une des fenêtres, en se penchant, on pouvait apercevoir mon école, puis, au loin, la caserne de pompiers du 10e arrondissement.

L'appartement était composé d'une cuisine et de deux pièces : une chambre où je dormais aux côtés de mes parents, une salle à manger où ils avaient installé leur atelier de confection. Ils avaient tout naturellement retrouvé leur métier, essayé de reprendre le cours de leur vie là où elle avait été interrompue.

Je suis allée aux Archives nationales consulter le dossier de mes parents – l'un et l'autre ont été naturalisés par décret le 13 décembre 1959. J'arrive à Pierrefitte-sur-Seine un matin de novembre, sous un ciel blanc. La présidente de salle me tend une épaisse chemise cartonnée, me désigne une table où m'asseoir. « Défavorable ». Les lettres tamponnées en rouge tranchent sur la page de garde. Une première demande avait été rejetée : j'apprends que, lorsque mon père a déposé son dossier, il était redevable de dommages et intérêts pour les blessures involontaires qu'il avait causées dans un accident de la route – une terrible collision du côté d'Abbeville, dans la Somme, qui avait littéralement pulvérisé la voiture. Mon père en était sorti miraculeusement indemne, les secours avaient trouvé ma mère inanimée sur le bord de la route, une jambe écrasée, une clavicule en miettes et des éclats de verre incrustés dans tout le corps. Une fois versés les 80 000 anciens francs qu'ils devaient, leur dossier a été rouvert, mais la procédure semble avoir été longue et fastidieuse. Je tourne une à une les pages du dossier en prenant soin de manipuler délicatement les papiers jaunis et friables. Il y a des témoignages de moralité et de bon voisinage – « des gens honnêtes et bien élevés », résume le dossier ; des attestations de travail – « ouvrier tailleur, puis artisan dès qu'il a été autorisé » ; les preuves que mes parents s'acquittent bien de leur loyer et de leurs impôts ; le détail de leurs revenus, enfin, 60 000 anciens francs par mois. « Leur train de vie est proportionné à leurs ressources », commente le fonctionnaire. Qui conclut : « Ces étrangers sont en bonne voie d'assimilation totale. Ils parlent assez convenablement notre langue avec un léger accent, et la lisent et l'écrivent sans trop de difficulté. Depuis qu'ils séjournent sur notre sol, ils sont respectueux de nos lois et institutions. Au privé, ils jouissent d'une bonne réputation. » En somme, ils ne font pas de vagues.

Dans leur dossier de naturalisation, je découvre aussi que papa a d'abord été embauché comme « vestonnier », puis comme ouvrier tailleur, avant de s'installer à son compte comme « artisan tailleur en confection pour dames ». Il a appelé son entreprise les Établissements Horyn. Une fois libérée des tâches ménagères, ma mère l'accompagnait chez les fournisseurs, répondait au téléphone ou prenait des commandes.

Il y a quelques années, je suis retournée avec mon mari Claude faubourg Saint-Martin. Nous avons attendu que quelqu'un sorte de l'immeuble pour nous glisser sous le porche, nous avons gravi l'escalier en colimaçon jusqu'au premier étage. Rien n'a changé, à l'exception des toilettes à la turque sur le palier, désormais condamnées. Le café au coin de la rue existe toujours, les propriétaires ont installé leurs bureaux dans notre ancien appartement. Émus d'apprendre que j'avais grandi là, ils m'ont laissée entrer. J'ai eu à l'intérieur un sentiment curieux, d'étrangeté et de familiarité mêlées. Pour autant que je me souvienne, notre logement était beaucoup plus petit. Ils ont dû abattre des cloisons, rassembler deux, peut-être trois appartements en un.

Un peu plus loin se trouve mon ancienne école. Je me souviens du premier jour où j'ai franchi le porche de la maternelle de la rue Pierre-Bullet. Je serrais fermement la main de mes parents. Ils avaient mis leurs plus beaux vêtements : mon père était très élégant dans son costume trois-pièces, ma mère avait ramassé sa belle chevelure brune et portait une jupe et un pull-over d'où dépassait le col blanc de son chemisier. Je les sentais anxieux, même s'ils faisaient bonne figure. C'était la première fois, depuis le retour des camps, que nous allions être séparés. Mes parents, qui ne parlaient encore que le yiddish et le polonais, étaient convaincus que l'école de la République me permettrait de m'intégrer, de m'épanouir. Je me rappelle leur émotion au moment de me laisser.

Par la suite, seule maman m'accompagnait. Tous les matins, je mettais mon tablier puis je glissais ma main dans la sienne. Avant de traverser la rue et de fendre la foule d'enfants qui s'amassaient devant l'école, nous avions pris l'habitude de marquer une pause devant la vitrine du boucher. De temps à autre, il nous faisait un signe de la main. Je collais le nez à la vitre, je peinais à détacher mon regard d'enfant de la tête de veau qui, la langue pendante, me fixait de ses gros yeux marron, ourlés de longs cils blancs.

En rentrant de l'école, je filais embrasser papa dans la salle à manger où il passait le plus clair de son temps. Je le trouvais souvent penché sur sa table de coupe au milieu d'un fatras de tissus, de patrons, de centimètres, d'épingles, de craies et de ciseaux. Mes parents travaillaient dur. En tiraient-ils une réelle satisfaction ? Était-ce par nécessité ? Je ne saurais le dire. Peut-être était-ce un moyen pour eux de ne pas se laisser le temps de penser.

« Va prendre ton goûter, tu dois être affamée. On a encore du travail », me glissait maman d'une voix douce, en me posant une main sur la nuque avant de se remettre à coudre. Je m'attardais toujours un peu, suspendue à l'élégance et l'agilité de ses gestes. Bercée par le ronflement de la vieille machine à coudre Singer, j'observais mon père, le front dégarni, dessiner au crayon les modèles, tapoter du bout des doigts les tissus pour choisir le mieux adapté, fabriquer un patronnage. Mais ce que j'aimais par-dessus tout, c'était, une fois le vêtement posé sur le mannequin, le voir vérifier le tombé d'un vêtement ou l'ordonnancement des plis d'une robe.

Lorsque mes parents n'étaient pas là, je me glissais discrètement dans la salle à manger. La pièce renfermait des trésors : des rouleaux de tissu empilés contre le mur – toile, satin, velours, popeline, mousseline –, des boîtes de chaussures rangées sur des étagères et remplies de fils, d'aiguilles, de boutons, de rubans, de fermetures Éclair et d'épaulettes. Parfois, il m'arrivait d'attraper une craie de tailleur et de tracer les contours d'une marelle sur le parquet.

À la tombée de la nuit, papa allumait l'énorme poste de radio posé sur le buffet. Malgré son français approximatif, il voulait se tenir informé. La guerre terminée, un nouvel ordre mondial émergeait dont personne ne savait de quoi il serait fait. Pendant ce temps, maman étendait la lessive sur un fil à linge tiré en travers de la cuisine après m'avoir lavée dans une bassine posée à même le sol.

Le jeudi, une nounou venait s'occuper de moi. Une grande brune aux cheveux mi-longs, gracile, à la voix flûtée et aux faux airs de Jeanne Balibar. Elle m'emmenait souvent jouer au square. On longeait la mairie du 10e arrondissement, celle-là même où je me suis mariée vingt ans plus tard, puis on filait jusqu'au boulevard de Magenta pour rejoindre le parc de l'église Saint-Laurent. Il arrivait aussi qu'elle m'emmène dans l'église. Je ne comprenais rien à la religion catholique, mais j'appréciais l'obscurité du lieu, sa fraîcheur. Les vitraux me faisaient forte impression. Ma nounou m'avait même appris à tremper la main dans le bénitier et à faire le signe de croix.

Un jour d'août 1957, nous avons refermé la porte de notre petit appartement pour emménager dans un autre, beaucoup plus vaste, plus lumineux aussi, rue Martel : à deux pas du faubourg Poissonnière, le paradis des fourreurs, et du Sentier, le temple des boutiques de confection et des fabricants de prêt-à-porter. C'est là que mes parents s'approvisionnaient. Les affaires marchaient bien, ils avaient acquis une certaine aisance financière. Ils ont aménagé leur nouvel appartement de manière à pouvoir y travailler plus commodément. Une grande pièce tenait lieu d'atelier de coupe ; une autre était réservée à l'assemblage des vêtements ; une dernière était entièrement consacrée aux finitions, couture et repassage. Je me souviens des fers qui reposaient sur des socles chauffés au gaz, et des pattemouilles que les ouvrières glissaient entre le tissu et le fer pour protéger les étoffes et leur donner de l'apprêt.

Avec mes parents, nous habitions dans l'autre partie de l'appartement. Nous avions désormais une salle de bains, des toilettes. Surtout, j'avais ma chambre à moi. Un lit recouvert d'un édredon, un secrétaire où je pouvais faire mes devoirs et ranger mes affaires de classe. Mes nuits étaient devenues silencieuses.

*

J'ai été une enfant choyée. Mes parents ont été aux petits soins pour moi – toujours à devancer mes besoins, à se demander si j'étais assez couverte, si j'avais suffisamment mangé, si j'étais en bonne santé. Mais il n'y avait jamais entre nous de caresses ni de baisers. Leur amour pour moi était sans tendresse, et dévoré d'inquiétude.

Il faut dire que j'étais une fillette menue, un peu pâlotte, aux épaules frêles et à la santé fragile. Mes parents se sont longtemps rongé les sangs, à mon sujet. Ils craignaient que les privations que j'avais subies au cours de mes trois premières semaines de vie aient produit des dommages irréversibles, et compromettent ma croissance.

Ils sont allés jusqu'à consulter le célèbre professeur Robert Debré qui, à l'époque, recevait dans son appartement de la rue de l'Université, dans le 7e arrondissement. J'ai encore la lettre que le pédiatre, en octobre 1948, avait adressée à notre médecin de famille. « La jeune Feiga (c'était le prénom que m'avait donné ma mère à ma naissance) est en bon état de nutrition. Les radios, tout comme son examen clinique, sont satisfaisantes. On prend seulement note d'une légère distorsion thoracique qui, associée à l'historique que me racontent les parents, suggère un asthme infantile sous une forme atténuée. Par ailleurs, je note la présence de quelques ganglions cervicaux un peu inflammatoires. C'est tout. » Robert Debré avait conclu : « Il faut calmer les parents. »

Plus tard, les médecins m'ont diagnostiqué tout de même des problèmes osseux liés au manque de vitamines et de soins prodigués à ma naissance : j'ai passé de longs mois à Berck-Plage, dans le Pas-de-Calais, où l'air iodé et ses vertus thérapeutiques étaient supposés me réparer.

À l'origine, la station balnéaire de la Côte d'Opale accueillait surtout des enfants atteints de tuberculose osseuse. L'hôpital maritime dit

« des petits allongés », haute bâtisse en briques rouges posée face à la mer, était une annexe de l'Assistance publique-Hôpitaux de Paris (AP-HP) et le tout premier sanatorium marin. Avec le recul de la tuberculose, l'hôpital maritime s'est orienté vers d'autres types de pathologies, pour soigner les corps tordus, comme le mien. Il a accueilli, plus tard, les accidentés de la route. J'ai encore en mémoire l'image de ces enfants aux corps étrangement moulés dans des coquilles de plâtre, que l'on transportait sur des lits roulants pour les aligner sur la plage, sous le vent.

Pendant quatre ans, mes parents ont loué à Berck un petit appartement. Papa avait passé son permis de conduire et acheté une voiture d'occasion, une quatre-chevaux de couleur bordeaux. Il nous emmenait, maman et moi, au début de l'été, repartait travailler à Paris la semaine et revenait nous voir le week-end. Ces séjours m'ont offert de vrais moments de grâce, comme des parenthèses pendant lesquelles j'oubliais l'ambiance plombée de notre vie parisienne.

Berck a pour moi l'odeur des embruns, et plus encore celle des sucres d'orge que vendait le confiseur de la rue principale. Je me contorsionnais pour me glisser entre les badauds afin de l'admirer en train d'étirer entre ses mains de larges bandes de sucre qu'il coupait ensuite à l'aide de ciseaux. On repartait le visage barbouillé et les doigts poisseux.

Chaque jour, nous allions inspirer à pleins poumons le grand air de la mer. On rejoignait les grappes d'estivants qui, dès le matin, se pressaient sur la grève parmi les cabines de plage. Je conserve des photos en noir et blanc de nous trois là-bas. Une famille heureuse, on en jurerait. Une famille sans drame. Lorsque l'après-midi touchait à sa fin, on remontait la rue principale pour rejoindre notre appartement. Le soir, de ma chambre plongée dans l'obscurité, j'entendais le lointain murmure de la mer.

Certains après-midi, les nuages s'amoncelaient à l'horizon. La brume enveloppait le front de mer et un vent fort balayait la plage. Mes parents m'emmenaient contempler les vagues déferler sur la digue. Je passais de longues heures, subjuguée, à observer la ronde sans fin des goélands qui emplissaient le ciel de leurs cris stridents. Le lendemain, le soleil revenait, et nos longues siestes sur la plage. Puis, dans la lumière chaude des fins d'été, alors que les derniers jours d'août s'effaçaient, la station balnéaire se vidait de ses vacanciers. C'était l'heure de rejoindre Paris.

Plus tard, mes parents ont pris l'habitude de m'envoyer passer les grandes vacances à Épône, un village à flanc de colline, près de Mantes-la-Jolie. J'étais accueillie dans un grand manoir tenu par un monsieur à la retraite, un certain Dr Bloch. Avec son épouse, il recevait une douzaine d'enfants en villégiature, l'été. La perspective de me retrouver à nouveau loin de l'atmosphère familiale me mettait en joie. J'aspirais à ces moments de liberté, de légèreté. Dans la voiture qui nous menait là-bas, je ne tenais pas en place. J'étais tout excitée à l'idée de retrouver mes amies, les jeux organisés dans le parc boisé, le rituel du soir où les enfants attendaient leur tour devant les lavabos pour se laver les dents et, le dimanche, les visites de mes parents, qui m'emmenaient au cinéma ou à la piscine.

J'aimais tout, là-bas. Le chant des oiseaux aux premières lueurs de l'aube, les odeurs de gazon fraîchement coupé, les grappes de raisin juteux que l'on cueillait à même la vigne au bout du jardin, les chamailleries et les rigolades de la vie collective. Et même les heures un peu mélancoliques que je passais à rêvasser, allongée dans l'herbe, les yeux rivés sur la cime des arbres.

*

Je crois avoir tout fait pour satisfaire mes parents. J'étais leur fille chérie, ils me le disaient à longueur de temps. C'était flatteur, d'une certaine manière, mais parfois lourd à porter. Je sentais confusément que j'avais, en contrepartie, l'obligation d'être irréprochable. Une enfant modèle. Une jeune fille bien élevée, toujours tirée à quatre épingles, qui avait d'excellents résultats scolaires, fréquentait des camarades de bonne famille, prenait des cours de piano, de danse classique et de tennis. Ce que j'étais pour mes parents, j'ai du mal à le nommer. Quelque chose comme une incarnation de la normalité bienheureuse. En robe et souliers neufs, j'étais la preuve qu'ils avaient réussi à survivre, que la page était tournée. Je n'ai pas cherché à me soustraire à ce mensonge.

Au travers de témoignages recueillis dans les années soixante-dix, l'autrice américaine Helen Epstein a décrit la fonction réparatrice des enfants de déportés. Réparer est un bien grand mot, à mon sens. Je sais que je n'ai rien réparé. Peut-être ai-je seulement adouci la douleur de mes parents. Au nom de notre famille disparue, j'ai assumé cette tâche sans poser de questions. Jamais je ne me suis rebellée, pas même à l'adolescence. Pour conjurer l'atmosphère cafardeuse de la maison, je passais de longues heures, seule dans ma chambre, plongée dans des romans ou l'oreille collée au transistor.

Curieusement, mes parents et moi avons fini par nous rejoindre. Ils ont tu leur passé, je l'ai nié. J'ai tout fait pour l'effacer, pour l'oublier, pour camoufler mon histoire et ressembler à ces camarades sur qui la guerre semblait être passée sans laisser aucune trace. Année après année, cette posture est devenue une sorte de boussole, un fil rouge qui me guidait dans la vie de tous les jours. Après tout, personne ne savait que mes parents avaient survécu aux camps. Ils n'avaient pas de numéro tatoué sur l'avant-bras et lorsque, à l'école, le sujet s'invitait, je trouvais toujours un moyen de l'esquiver.

Je me souviens de ce jour où, au lycée Lamartine, notre professeur d'anglais a programmé, pour les collégiens, un voyage d'études en Grande-Bretagne. En tant que réfugiée, j'avais reçu pour voyager un passeport bleu ciel. Je savais qu'il détonnerait, dans la pile bleu marine de mes camarades de classe : lorsqu'il a fallu le remettre à l'enseignant, je le lui ai tendu sans un regard, en me mordant l'intérieur de la joue. « Pourquoi votre passeport est-il de cette couleur ? – Je suis née à Bergen… Bergen, en Norvège. »

Une autre fois, c'est un professeur de français qui m'a questionnée sur ma naissance en Allemagne. Je lui ai répondu, du tac au tac, que mes parents y séjournaient en voyage de noces. À chaque rentrée, je voyais des professeurs s'attarder sur ma fiche de renseignements : « Ah, vous êtes née à… » Je laissais dire.

Je garde aussi le souvenir précis d'une humiliation, le jour du bac. Mon père m'avait appris l'alphabet hébraïque, et j'avais décidé de prendre hébreu en option : je ne le parlais pas mais j'arrivais à peu près à le lire, j'imaginais pouvoir grappiller quelques points. L'épreuve consistait à apprendre par cœur deux textes inscrits au programme. Une fois mon tour venu, je suis entrée dans la classe, j'ai présenté ma carte d'identité à l'examinateur, un rabbin, puis j'ai entrepris de réciter le texte qu'il avait choisi. J'avais à peine commencé qu'il m'a interrompue en me rendant ma carte d'identité. « C'est bon, vous pouvez partir. Vu là où vous êtes née, ce n'est pas la peine de vous interroger. Ne vous inquiétez pas, je vous mettrai une bonne note. »

J'étais mortifiée. J'aurais mille fois préféré être collée. Je n'avais ni le besoin ni l'envie que l'on se montre charitable avec moi, je voulais être traitée comme tout le monde. J'ai esquissé un geste de protestation, puis je me suis ravisée. J'ai pris mon porte-documents et j'ai tourné les talons, sans un mot de remerciement.

Suivant une tradition ashkénaze, ma mère m'avait donné à la naissance les prénoms de mes deux aïeules défuntes, Feiga (oiseau) et Pearl (perle). À l'école, cela m'avait valu beaucoup de moqueries : sitôt ma naturalisation achevée, j'ai entamé les démarches pour franciser mon prénom. C'est ainsi qu'en 1966, par un décret publié au *Journal officiel*, j'ai obtenu le droit de passer de Feiga à Florence Horyn, Fely pour les intimes. Si j'avais pu changer mon lieu de naissance, je l'aurais fait aussi.

*

À la fin de l'été 1969, j'ai rencontré Claude et ce double jeu a pris fin.

Je rentrais d'un voyage en Israël, j'étais toute bronzée, en minirobe fleurie et escarpins vernis. Les Établissements Horyn avaient pris de l'envergure, mes parents fournissaient les boutiques les plus huppées de Paris et s'étaient même offert le luxe de refuser d'exposer leurs modèles aux Galeries Lafayette. Ç'aurait été prestigieux, expliquaient-ils à leurs amis, mais ils ne voulaient pas dépendre d'un seul gros client.

Claude, ce jour-là, a franchi le seuil de notre appartement, accompagné de ses parents détaillants venus voir quelques modèles et passer commande pour leurs deux magasins de banlieue : le *Paris Chic*, à Rosny-sous-Bois, et le *Chic Parisien*, à Villemomble.

Claude est né en 1941 à Marseille, en zone libre. Ses parents, juifs eux aussi, ont passé la guerre avec lui, cachés en Auvergne. Son grand-père maternel, Mendel Gothelf, a eu moins de chance, sa tante Paulette aussi. Ils ont été arrêtés par la police française et envoyés comme tant d'autres à Drancy. Tous les deux ont été déportés à Auschwitz – lui par le convoi n° 15, elle par le n° 35. Ils ne sont jamais revenus.

Dans *Dora Bruder*, Patrick Modiano reproduit des lettres envoyées à la préfecture de

Police par des familles désespérées après les rafles, et restées sans réponse. Il y a, parmi elles, celle de la mère de Paulette :

« Monsieur le directeur,

Excusez-moi, si je me permets de m'adresser à vous, mais voici mon cas : le 16 juillet 1942, à 4 h du matin, on est venu chercher mon mari et, comme ma fille pleurait, on l'a prise aussi. Elle se nomme Paulette Gothelf, âgée de 14 ans ½. Elle est née le 19 novembre 1927 à Paris dans le 12e et elle est française… »

Au début, fidèle à ma ligne de conduite, je n'ai rien dit à Claude de mon histoire. Il n'a pas insisté. Il l'a découverte lorsque, l'année suivante, nous avons décidé de nous marier. Je ne pouvais plus reculer, de toute façon. On me demandait de présenter la ketouba de mes parents : l'acte de mariage qui, pour les enfants, vaut certificat de judéité, et qu'ils avaient dû abandonner derrière eux à Brzeziny. J'ai dû me rendre dans une synagogue libérale pour obtenir une attestation.

Avec mon mariage, une page se tournait. J'ai abandonné mon métier d'attachée de direction dans la publicité pour devenir détaillante en prêt-à-porter. Claude et moi avons ouvert notre premier magasin à Bondy.

Mais ce n'est pas si simple, de s'affranchir du passé. Dans cette famille que j'ai bâtie, j'ai reproduit bien des choses que je voulais fuir. À ma fille Karine, je n'ai rien dit de ce que ses grands-parents et moi avions vécu. Je le regrette aujourd'hui, car je sais qu'elle en a souffert. Je pensais la protéger. J'avais passé mon enfance à me ronger l'âme devant les angoisses inexpliquées de mon père et de ma mère, mais j'étais à mille lieues d'imaginer que les enfants pouvaient s'approprier les traumatismes de leurs parents, et de leurs grands-parents. Qu'ils pouvaient hériter de leurs émotions, même enfouies sous des couches de non-dits. Que l'on pouvait transmettre des choses, y compris dans le silence, et ouvrir, ce faisant, des blessures invisibles.

J'aurais aimé avoir une famille nombreuse, beaucoup d'enfants. J'avais tant souffert de la solitude, petite, et du spectre de mon aîné disparu. Mais nous n'avons jamais réussi à avoir d'autres bébés, Claude et moi. Après plusieurs fausses couches, j'ai dû renoncer.

*

Il neige, le 23 novembre 1971, lorsque Karine vient au monde, avec trois semaines d'avance, à la clinique du Belvédère à Boulogne-Billancourt. C'est un beau bébé. Elle pèse 2,780 kilos, elle a des cheveux tout frisés. La veille encore, je courais de fournisseur en fournisseur, en quête de marchandises pour le magasin.

Je n'oublierai jamais la manière dont mes parents ont ouvert la porte de ma chambre à la maternité et se sont précipités sur le berceau de ma fille. Ils étaient comme des fous. Il paraît que, les jours précédents, papa avait dormi tout habillé sur le canapé, à côté de ses chaussures et de son chapeau, prêt à foncer à la clinique. Lorsqu'il m'a vue pour la première fois, j'avais déjà cinq mois : il n'avait pas l'intention de manquer la naissance de sa petite-fille.

Ce jour-là, dans ces premiers moments où mes parents, hébétés, découvrent mon enfant, je sens l'ombre de Yaakov autour de nous, le poids de son absence. Un nouveau-né, un autre. Un bébé venu au monde dans le luxe d'une clinique privée, cette fois, et entouré de soins. Toute la tendresse que ma mère avait refoulée au long des années a rejailli sur Karine. Elle l'a aimée, couvée, protégée.

Mes parents se sont beaucoup occupés de ma fille. Ça m'arrangeait : Claude et moi, on travaillait beaucoup. Trop, peut-être ? Ça aussi, je l'ai reproduit sans même y songer. Ma mère allait chercher Karine à la sortie de l'école, l'emmenait à ses activités, la faisait goûter. Pendant les vacances, ma fille partait souvent à Menton avec mes parents : ils étaient tombés sous le charme de cette ville ocre, avec ses larges avenues bordées de citronniers, ses mimosas qui embaument dès les premiers jours de février, sa longue plage de galets. Là-bas, Karine retrouvait chaque été une ribambelle d'enfants, dont certains étaient, comme elle, des petits-enfants de rescapés.

Les années ont passé. Puis, un jour, alors qu'elle s'apprêtait à passer le bac, Karine nous a annoncé qu'elle envisageait de poursuivre ses études à l'université de Jérusalem. Elle avait 17 ans, comme moi lorsque j'ai découvert Israël. L'espace de quelques secondes, Claude et moi sommes restés sans voix.

Je me trouvais en proie à des sentiments confus. Claude a d'abord cherché à me tranquilliser. C'était probablement une lubie de Karine, ça lui passerait. Mais je savais que ma fille n'en ferait qu'à sa tête. Il fallait l'accepter comme elle était : l'esprit délié, indépendante et déterminée. De fait, elle est partie comme elle le voulait.

Combien de fois, au cours des mois qui ont suivi, me suis-je réveillée au milieu de la nuit, emplie de doutes et de questions ? Il paraît que les survivants de la Shoah vivent l'émancipation de leurs enfants comme un abandon. Claude et moi nous sommes surtout sentis coupables. Nous avions le sentiment d'avoir raté quelque chose. Pourquoi notre fille avait-elle décidé de construire sa vie à des milliers de kilomètres de nous ? Était-ce une façon de fuir le passé familial ? Avait-elle été étouffée par l'amour que ses grands-parents lui portaient ? Lui avaient-ils raconté leur déportation, les circonstances de ma naissance ? Et le choix d'Israël ne venait-il pas, aussi, d'un besoin de renouer avec son histoire ?

Avant son départ, j'avais remarqué que Karine fréquentait des jeunes gens plutôt religieux, qui observaient les rituels du shabbat et mangeaient casher. Elle était partie plusieurs fois en Israël pour faire du volontariat dans des kibboutz, elle avait commencé à apprendre l'hébreu. Sa foi paraissait bien plus vivace que la nôtre.

Je n'ai pas été élevée dans la religion, elle ne signifie pas grand-chose pour moi. Mes grands-parents étaient pourtant très pieux, et attendaient de leurs enfants qu'ils le soient aussi. Mon père a fréquenté assidûment l'école religieuse jusqu'à l'âge de 11 ans et son propre père était très proche du rabbin qui lui a enseigné la Torah : il avait, avec lui, d'interminables discussions.

Mais mes parents ont très tôt pris leurs distances avec la religion. Lorsqu'ils étaient jeunes mariés, ils se rendaient même en cachette à Łódź, dans des bistrots, pour y manger du saucisson. À la maison, lorsque j'étais petite fille, la judaïté n'était présente que par petites touches. Une ménorah dans un placard, une kippa que mon père ne portait qu'exceptionnellement, à l'occasion de certaines fêtes religieuses. Le vendredi soir, mes parents n'allumaient pas les bougies du shabbat. Pour Roch Hachana, Pessah ou Hanouka, en revanche, ma mère cuisinait les plats traditionnels ashkénazes. Ces jours-là, en rentrant de l'école, je m'enivrais de leur parfum qui embaumait jusque dans la cage d'escalier ; je la regardais pétrir de ses paumes la pâte souple et ferme des brioches en fredonnant. On se régalait ensuite de foies de volaille hachés et cuits avec des oignons qu'on mangeait sur une tartine de pain, de bouillon de poulet servi avec des pâtes. En dessert, il y avait toujours du strudel, ou une compote de pommes et de pruneaux. J'adorais ces repas de fête, ils me semblaient heureux et doux. Mais je ne les vivais pas comme des moments de recueillement ou de spiritualité.

En vieillissant, je suis restée éloignée de toute forme de rituel. Je ne sors pas les symboles de shabbat le vendredi, pas plus que je n'allume les bougies pour Roch Hachana ou ne touche la mezouzah en entrant chez moi. Pendant Yom Kippour, je ne jeûne pas non plus – avant de mourir, ma mère m'a de toute façon fait promettre de ne jamais me priver de nourriture. Karine n'a pas fait sa bat-mitzvah.

Je suis juive, pourtant, aussi juive qu'une autre – l'histoire ne m'a pas permis de l'oublier. J'ai grandi dans une maison où l'on parlait yiddish, je suis attachée à la culture juive et je ne manquerais pour rien au monde les commémorations de Yom Hashoah, la journée du souvenir de l'Holocauste. Une année, Claude et moi sommes allés en Israël pour l'occasion. Là-bas, c'est un jour de deuil national, empli d'une émotion particulière. Pendant deux minutes, au bruit des sirènes, tout le pays se fige. Les voitures, les bus, les trains s'arrêtent ; les passants interrompent leurs mouvements.

Karine a fini par faire son alya, et s'est définitivement installée en Israël. Elle s'est mariée avec un Israélien, Doron, et elle a eu trois enfants : Almog, Raz et Stav. Claude et moi n'avons cessé de nous interroger, au fil des années. Fallait-il partir, nous aussi ? Le sort d'Israël ne nous a jamais été indifférent, bien sûr, et nous nous sentons une communauté de destin avec ce pays. Mais notre place nous a toujours paru être en France. C'est la France qui nous a donné notre langue, notre éducation ; c'est la culture, la musique, la poésie, les paysages français qui nous ont façonnés. Nous n'aurions pu vivre un départ autrement que comme un arrachement, un exil.

Les mêmes questions ont ressurgi, avec plus de violence encore, après les attentats de 2015. La communauté juive de Paris s'est mise à ressasser les souvenirs noirs des années d'avant-guerre, nos amis israéliens nous répétaient : « Ne restez pas là, mieux vaut perdre ses biens en Europe que de perdre la vie. »

On secouait la tête, Claude et moi, en se disant que rien de tel ne pouvait recommencer.

On luttait contre l'angoisse, on rejetait l'impossible. L'histoire ne pouvait pas bégayer. Nous étions si fermement convaincus que tout cela était derrière nous ! Je n'ai jamais souffert d'antisémitisme. Ni à l'école, ni dans la rue, ni dans l'exercice de mon métier. Il faut dire que j'ai toujours été prudente. Je ne porte aucun signe distinctif sur moi et notre mezouzah n'est pas apposée sur le palier de notre appartement, mais sur le chambranle à l'intérieur. Comme si naître juif condamnait à vivre sous le signe d'une menace vague, d'un *On ne sait jamais* aux contours flous.

*

En 2016, je suis retournée à Bergen-Belsen. J'y avais été invitée par Janine, une historienne allemande dont j'avais fait la connaissance au Père-Lachaise, lors d'une commémoration de la libération du camp. Après avoir reçu sa proposition, je suis restée claquemurée chez moi toute une semaine, à faire les cent pas à travers le salon. Je rejetais, jour après jour, les arguments des uns et des autres. Ceux de Claude et Karine, surtout, qui sont revenus à la charge maintes et maintes fois.

Puis, un matin, je me suis décidée. Il était plus que temps de découvrir ces lieux que mon imagination avait si souvent façonnés et polis. Peut-être avais-je une chance, là-bas, de me réconcilier avec mon histoire.

Bergen-Belsen, donc – ce qu'il en reste. Je me souviens de l'esplanade Anne-Frank. Du musée, un bloc massif de béton brut posé sur la plaine. De la logorrhée du guide allemand, et des dalles de verre éclairées au sol avec, à l'intérieur, des objets ayant appartenu aux déportés. Des cuillères, des gobelets, des morceaux d'étoffe.

Le camp lui-même m'a semblé étrangement silencieux. C'est une immense lande de bruyère où il ne demeure rien, ou si peu. Au loin, un obélisque se dresse au milieu des fleurs et des touffes d'herbes éparses. Une immense croix en bois domine la plaine. Devant la stèle fleurie d'Anne Frank, l'éternelle question qui me hante depuis toujours – serait-elle morte pour que je vive ? – me revient à l'esprit.

Je me suis frayé un chemin jusqu'à l'emplacement où ont été retrouvés des charniers, à la libération. L'endroit est délimité par des talus encerclés de murets de pierres. Ici gisent 2 500 corps, là 3 000. Je me suis éloignée de quelques pas, une trace au sol a retenu mon attention : les anciennes fondations d'un baraquement. Janine s'est approchée, elle m'a dit doucement : « C'est probablement là. Là qu'était la baraque où vous êtes née. » J'ai ramassé des pommes de pin tombées à terre et je les ai glissées dans mon sac. Je les ai toujours.

Avant notre départ, on m'a invitée à consulter la liste de tous ceux qui ont été déportés dans le camp. Je l'ai parcourue jusqu'à trouver mes nom et prénom, ceux de ma mère. Et puis Janine m'a montré un autre document : la copie, miraculeusement retrouvée, de mon acte de naissance établi le 25 mars 1945 par les autorités du camp. « La couturière Brucha

Horn, née Herszkowicz (...) a accouché à Bergen-Belsen d'une fille, le 24 mars 1945 à 15 heures », est-il écrit en allemand. Voilà, c'était là. Des mots officiels, absurdement officiels, pour désigner une réalité impossible. Devant ce bout de papier jauni, j'ai éprouvé un soulagement immense. Comme s'il résolvait tout, comme s'il pouvait me protéger. La petite Feiga Horn, née à Bergen-Belsen le 24 mars 1945.

Lorsque je suis arrivée en France, j'étais une déracinée. Je n'avais pas d'acte de naissance, seulement un certificat octroyé par l'instance administrative de régulation des déplacés juifs de Bergen-Belsen, signé de la main du rabbin Hermann Helfgott. Je naviguais à la frontière de trois mondes que tout opposait : j'étais d'origine polonaise, née en Allemagne, vivant en France. Il m'a fallu attendre les années quatre-vingt-dix pour admettre et reconnaître mon double statut de déportée et d'enfant de déportés, et engager ensuite des démarches afin d'obtenir une carte de déportée politique. Ça n'aurait pas été possible sans le discours du Vel d'Hiv prononcé par le président Jacques Chirac en 1995, qui reconnaissait la responsabilité de l'État français. À la différence de mes parents, cependant, je n'ai pas eu droit au versement d'une pension. L'État français a considéré que je n'étais pas restée suffisamment longtemps dans le camp de Bergen-Belsen. Qu'est-ce que trois semaines, dans une vie ? J'ai en revanche obtenu une indemnisation de la part de l'État allemand, conformément à l'accord de Luxembourg de 1952 sur les réparations.

J'ai toujours été tiraillée entre le besoin d'être comme tout le monde, et celui d'être reconnue dans la singularité de mon histoire ; j'ai toujours douté de ma légitimité. Y compris parmi les anciens déportés ou leurs enfants. À Paris, lorsque je retrouve les membres de l'Amicale des anciens déportés de Bergen-Belsen qui, chaque année, commémorent la libération du camp au cimetière du Père-Lachaise, je me sens comme entravée dans ma relation à eux. Pas à ma place. Une sorte d'intruse.

Combien de fois la scène s'est-elle reproduite ? Je m'approche timidement, je salue ceux que je connais, je me présente aux autres. Il suffit que je raconte qui je suis, d'où je viens, pour que s'installe un épais silence. Il y a ceux qui affichent un air contrit et regardent leurs pieds. Ceux qui font mine de n'avoir rien entendu et s'empressent de tourner les talons.

Au fil des ans, j'ai arrêté de raconter mon histoire, j'ai appris à rester en retrait. Un jour seulement, l'un des officiers britanniques qui avaient libéré le camp le 15 avril 1945 a fait le déplacement à Paris pour assister aux commémorations. En apprenant qu'il y avait là une survivante qui n'était qu'un bébé de trois semaines au moment de la libération, il s'est précipité sur moi, m'a soulevée de terre et serrée contre sa poitrine bardée de décorations.

On évoque souvent le destin des enfants de survivants nés avant et après la guerre. Beaucoup moins celui de ceux qui sont nés pendant. L'idée même qu'un nourrisson puisse survivre dans un tel enfer défie l'imagination. Diana Gring, l'une des conservatrices du Mémorial de Bergen-Belsen en Allemagne, a évalué à environ 200 le nombre de bébés nés dans le camp. Ce n'est qu'une estimation, car les SS ont détruit l'intégralité du registre de Bergen-Belsen avant l'arrivée des Alliés. Les chercheurs se sont appuyés sur des listes nominatives de prisonniers, des bons de transport, des journaux intimes et des témoignages. Ont été tardivement retrouvées, en outre, des copies d'actes de naissance établis entre janvier et avril 1945 – dont le mien.

Rares sont les bébés qui ont survécu. Après des mois de privations, de travail forcé, de violences et de maladies, les femmes donnaient souvent naissance à des enfants prématurés. Quand elles arrivaient à terme, elles étaient livrées à elles-mêmes, sans matériel stérilisé ni médicaments. Dans les camps, l'espérance de vie des nourrissons excédait rarement quelques semaines.

*

Je ne saurais dire comment je me suis retrouvée, un jour, au milieu d'un groupe de parole du Mémorial de la Shoah, parmi d'anciens enfants cachés, des orphelins de la Shoah, des enfants et petits-enfants de survivants réunis en cercle. La psychologue Nathalie Zajde m'a accueillie avec un grand sourire. « Et vous, comment vous appelez-vous ? Quel est votre rapport à la Shoah ? » Que répondre à cela ? J'étais comme tous les participants, rongée par les vieux démons de l'antisémitisme, par les cauchemars que les attentats de 2015 avaient réveillés.

Dans ce groupe vient qui veut, quand il veut, avec qui il veut. Pas pour se réparer, mais pour partager ses préoccupations avec d'autres, se confronter au passé, rompre l'isolement. Les discussions tournent autour de la transmission, de l'identité, du deuil. Il y a des gens qui se cherchent, d'autres qui viennent découvrir un peu de leur propre histoire à travers le récit poignant des autres. Il y a aussi ces jeunes de la troisième génération, rougissant avant de prendre la parole, qui viennent écouter pour transmettre.

La première fois que j'y suis allée, après que j'ai fait d'une voix un peu hésitante le récit de mon parcours, Nathalie Zajde s'est écriée : « Alors, vous, je ne sais pas dans quelle case on va vous mettre ! » C'était dit très naturellement, avec une légèreté sans désinvolture ; cette simplicité m'a fait du bien. Quand Nathalie Zajde m'a conseillé d'écrire mon histoire, je l'ai écoutée.

On me l'avait suggéré bien des fois, mais je m'étais toujours dérobée. Par crainte de ne pas trouver de mots assez grands ni assez justes pour décrire ce qu'avaient traversé mes parents et la manière dont je l'avais vécu, ensuite. Par peur de ne pas être crue, aussi. Cette fois-là, j'ai pensé à une femme qui avait rejoint le groupe de parole sans rien connaître de son passé. Elle venait là, tremblante, à chaque séance, guidée par l'espoir de capter ici et là des bribes, de rassembler des indices. Je me suis souvenue du jour où elle nous a confié : « Ma mère a tout effacé. Grâce à vous, je sais qui je suis, d'où je viens. »

J'ai également pensé à ma fille, à mes petits-enfants et à ceux qui viendront après eux. Qu'allais-je leur laisser une fois que je ne serais plus là ? N'allaient-ils pas m'en vouloir de n'avoir rien transmis, ou si peu ? Faudrait-il qu'ils soient obligés, à leur tour, de partir sur les infimes traces de leurs origines ? Fouiller les souvenirs, déterrer les documents d'archive, interroger les photos, encore et encore ?

Par-delà la nécessité de transmettre, peut-être avais-je besoin aussi de me délester de cette histoire que je porte en héritage. De m'alléger, pour m'appartenir enfin. C'est une histoire dont on ne sait pas dans quelle case il faut la ranger, c'est vrai. Elle est étrange, elle est pleine de larmes et de fantômes. C'est l'histoire d'un silence, et d'une reconquête de la parole. L'histoire d'une cloison, qu'il m'aura fallu toute une vie pour traverser.

REMERCIEMENTS

Je tiens à exprimer ma gratitude envers Nathalie Zajde et Audrey Siourd, dont les encouragements m'ont permis de raconter cette histoire. Sans elles, ce livre n'aurait pas vu le jour.

Merci à Géraldine Meignan pour son écoute attentive, sa patience et son engagement, qui m'ont aidée à clarifier et traduire des émotions longtemps restées sous silence. Elle a su me guider pour rendre compte de ce que j'ai vécu.

Je suis également reconnaissante envers l'historienne Janine Doerry et l'équipe du Mémorial de Bergen-Belsen, qui ont été d'un soutien inestimable.

Un grand merci à mes éditeurs, Pauline Perrignon et Christophe Bataille, pour leur confiance et la finesse de leurs lectures, ainsi qu'à Marion Cocquet, qui m'a apporté une aide précieuse dans la dernière ligne droite.

Enfin, toute ma reconnaissance va à mon mari Claude, pour sa présence constante et son soutien sans faille tout au long de cette aventure.

Cet ouvrage a été imprimé sur Roto-Page
par l'Imprimerie Floch à Mayenne en mars 2025
pour le compte des éditions Grasset
61, rue des Saints-Pères, 75006 Paris
info@grasset.fr

Composition et mise en pages
Nord Compo à Villeneuve-d'Ascq

PAPIER CERTIFIÉ

Grasset s'engage pour
l'environnement en réduisant
l'empreinte carbone de ses livres.
Celle de cet exemplaire est de :
150 g éq. CO_2
Rendez-vous sur
www.grasset-durable.fr

N° d'édition : 23529 – N° d'impression : 106240
Dépôt légal : avril 2025
Imprimé en France